삶이 던지는
질문에
스스로 답하다

오래전부터 인생 책 한 권을 쓰고 싶었다. 60세가 넘어가면 어느 정도 인생을 알 만한 나이가 되었을 것이니, 그때에는 삶이 던지는 질문들에 스스로 답을 찾아보고 싶었다. 또한 내가 고민했던 삶의 화두들을 책 한 권에 담아서 자녀들에게 획 던져주면서 '나는 이런 놈이었어.'라는 말을 전하고 싶었다. 하지만 나이만 먹었지 여전히 지혜는 짧고 사유의 깊이는 얕아서 쓰면 쓸수록 다듬으면 다듬을수록 나의 한계를 실감한다.

다른 사람들과 마찬가지로 나도 살면서 많은 고민이 있었다. 특히 50세쯤에 극심한 사추기(思秋期)가 찾아왔다. 나는 누구인지, 어떻게 사는 게 진정 옳은 것인지, 죽음을 어떻게 맞이해야 할지에 대한 생각들이 나를 잠 못 이루게 했다. 그때 삶이 던지는 질문들에 대해서 '삶의 화두 50선'의 질문지를 만들었다. 하지만 삶의 질문에 대한 답은 당장 할 수가 없었다. 직장 생활에 바빴기 때문이다.

60세 정년 은퇴를 하고 9개월간 세계여행을 다녀왔다. 나 자신과 대화하기 위해 떠난 세계여행 중에 일으킨 생각들을 묶어서 2024년 7월에 《은퇴하고 세계여행, 삶이 묻고 여행이 답하다》라는 책을 한 권 출판했다. 여행 중에 일으킨 나의 삶의 질문들에 대한 사유의 단편들을 그 책에 일부 담아내긴 했지만 '나의 인생 책'이라고 하기에는 아쉬움이 남았다. 홀로 잠 못 이루던 밤에 삶이 질문했던 화두만을 붙잡고 다시 답을 해보고 싶었다. 그래서 책을 한 권 더 쓰기로 결심했다.

이 책은 지금으로부터 10년 전의 잠 못 이루는 밤에 스스로에게 했던 질문들이며, 가슴에 늘 품고 있었던 나의 화두이다. 60이 넘어서야 삶이 던지는 질문들에 대해서 스스로 답해본다.

2025년 1월에

제2장

어떻게 살 것인가

제1장

나는 누구인가

뉴질랜드 퀸스타운 해변

나는 어떤 놈인가

"너 자신을 알라."

너무도 유명한 말이다. 삶을 살아가면서 자신을 정확하게 아는 것. 즉, 자기인식이 매우 중요하다. 자기를 알지 못하면 자기가 뭘 원하는지, 자기가 뭘 좋아하는지, 어떻게 사는 것이 나답게 사는 것인지를 알지 못하기 때문이다.

나이 60세가 넘은 지금, 나라는 놈에 대해서 생각해 본다. 아주 어린 시절의 아이에서부터 청년, 성년, 중년에 이르기까지 나는 어떤 놈이었고 어떤 생각을 가지고 생활하여 왔는지를 찬찬히 살펴보고 싶다. 나는 과연 어떤 놈이었을까? 그리고 나는 어떤 놈이 되고 싶어 했던 것일까?

| 나는 어떤 놈인가

내가 태어난 1963년도는 모두가 경제적으로 어려움을 겪는 시기였다. 나의 아버지도 일정한 직업을 갖지 못한 채 여러 가지 막노동을 하셨기에 가정 형편은 좋지 못했다. 하지만 먹거리가 없어 자주 굶을 정도로 형편이 나쁜 것은 아니었고, 학교 수업료도 납부 기한을 넘길 때도 있었지만 어떻게든 챙겨주셨기 때문에 아주 열악한 상황은 아니었다고 생각한다.

단지 어린 시절에 나에게는 최대 고민거리가 하나 있었다. 야뇨증 문제였다. 아주 어린 시절부터 고등학교 수학여행을 가서도 혹시나 하는 생각에 잠을 설쳤을 정도로 오랜 기간 동안 야뇨증 증상은 심했다. 새벽에 문득 홀로 잠에서 깨었을 때 젖어 있는 팬티와 이불을 보면 미안한 마음에 다시 잠들지 못하고 숱한 밤을 깨어 있을 때가 많았다. 당시에는 대부분의 이불이 솜으로 되어 있는 두꺼운 이불이었고 나로 인해서 매일 빨아야 하는 어머니에게 마음속으로 미안해했다.

어떨 땐 부모님이 눈치채고 새 이불과 옷을 갈아입혀 주셨고, 나는 재차 잠이 들었는데 아침에 눈을 떠보면 또다시 젖어 있는 이불 속에서 창피함에 이불 바깥으로 나오지도 못했던 경우도 많았다. 이 일로 부모님이 나를 크게 야단을 치지는 않으셨지만 부모님도 상당한 고민거리였을 것이고 나 또한 마음고생이 심했다.

아마 이 문제는 사춘기를 관통하면서 나의 자존감에 알게 모르게 큰 상처를 남겼을 것임이 분명하다.

나는 나의 성격을 말할 때 트리플 A형(극 소심형)에다가 승부욕은 하나도 없는 사람이라고 정의한다. 남 앞에 나서서 발표하는 것을 죽는 것보다 더 싫어하고 친구들의 구슬이나 딱지를 따면 모두 돌려주어야 마음이 편했던 아이였다. 당연히 학교나 동네에서 또래와 싸운 기억도 전혀 없고, 조용한 골방이나 구석에서 혼자 생각하고 상상하기를 좋아했다. 자연히 활기차게 외부 활동은 잘 못하고 주변의 눈치를 보는 일이 많은 아이였다.

초등학교 6학년 때로 기억한다. 선생님이 장래의 꿈을 적어서 발표하라는 자리에서 나는 꿈을 '공무원'이라고 적었다. 국가와 국민에 대한 봉사 정신에서 발휘된 꿈이라기보다는 일정한 소득으로 안정적인 생활이 가능할 것 같았고, 나의 성격 등을 반영한 현실적인 직업명이었을 것이다. 수업시간에 발표하는 또래들의 거창한 꿈들을 들으면서 부끄러운 생각이 들어 내 발표 차례가 오기 전에 수업 종료 종이 울리기를 간절히 바랐다. 특별한 야망이나 큰 꿈도 없었고 학교 공부도 그럭저럭 정도만 했던 학생이었다.

소심하고 남 눈치 잘 보는 사람들이 보통 그렇듯 남들이 나에게 도움을 부탁하면 거절하는 것을 많이 힘들어했기 때문에 내 몸이 힘든 경우가 많았다. 어렵고 힘들어하는 사람을 보면 어떻게든 도움을 주려고 애썼고 그렇게 하지 못하면 자신을 한탄하는 정이 많은 청년이기도 했다. 그래서 어떤 친구들은 나에게 '살아 있는 부처'라는 별명을 지어주기도 했는데, 결혼해서 아내에게 내 별명을 이야기했더니 아내가 이렇게 항변했다. "살아 있는 부처와 지금껏 살고 있는 내가 더 부처다."라며.

어렵고 힘든 사람들에 대한 관심 때문인지 대학에 들어가자마자 선배들의 권유로 인문학 서적을 읽고 공부하고 토론하는 지하 서클에 가입하여 사회 정의를 토론한답시고 밤새웠던 어설픈 청년이었다. 허름한 막걸릿집에서 세상의 모든 고뇌를 다 짊어진 양 괴로워했고, 공장의 젊은이들에게 야학을 하며 그들의 의식을 깨우치고자 자만하다가 지하 공부 조직이 발각되면서 군대에 강제 징집되어 전방에서 군 생활을 했다.

군 제대 후에 복학을 해서도 취업 공부는 뒷전이었고 민주화 거리 시위운동에 참여하다가 노태우의 6·29선언 이후에 비로소 취업 공부를 하기 시작했다. 하지만 몇 번의 대기업 면접을 탈락하면서 내가 발표를 잘 못한다는 사실을 뼈저리게 깨달았다. 하지만 시험 점수로 당락이 결정되는 공공기관에 추가 합격을 통보받게 되면서 나는 결심했다. '이 직장이 나의 첫 직장이며, 마지막 직장이 되게 할 것이다.'라고.

당시 직장에서 인격적으로 도저히 존경할 수 없는 간부들을 보면서 '내가 만일 간부가 되면 젊은 직원들에게 잘해줘야지.'라고 굳게 다짐했지만, 직장 생활 중에 위기를 맞았다. 징계, 직위 강등 등의 우여곡절을 겪으면서 '일' 외에도 다른 중요한 가치들이 있다는 것을 알고는 두 가지 선택을 했다. '산에나 가자.' 그리고 '책이나 읽자.'였다. 빡센 장거리 산행과 책 읽고 정리하기는 후에 두 가지 꿈을 꾸는 계기가 되었다. 바로 트레킹 세계 일주와 인생 책 한 권 쓰기였다.

나의 꿈대로 60세 직장을 은퇴하고 9개월간의 트레킹 세계여행을 하면서 나 자신을 탐색했다. 세계여행을 다니면서 내성적인 줄만 알았던 나에게는 도전정신과 또라이 기질도 있음을 발견했고, 물질적인 풍요보다는 영혼의 풍요가 더 중요함을 알았고, 많은 소유물과 절제 없는 욕망은 개인의 자유에 방해가 됨을 깨달았다.

나이를 먹으면서 인생은 길지도 또한 짧지도 않다는 것을 알기에 무언가에 집착하지 않을 것이고, 갑자기 죽음이 닥쳐와도 담담히 받아들일 수 있을 것 같은 생각이 들었다. 지나간 모든 것을 용서하고 다가올 모든 것은 사랑하는 것만이 유일한 답임을 어렴풋이 알게 되었고, 착하지 않아도 적당히 거절해도 인정받지 않아도 불편하지 않은 중년이 되었다.

그래서 이제 남은 인생은 과거의 영광을 더 이상 추억하지 않고 오직 현재에만 충실하고 싶으며, 마음을 열고 상대에게 먼저 웃음으로 다가가고 서로 사랑하면서 살고 싶으며, 내 마음의 속삭임을 잘 살펴서 마음 가는 대로 자유롭게 살고 싶어졌다.

이 글을 쓰는 지금, 야뇨증으로 고민했던 아이가 벌써 중년이 되었다. 오늘 내가 정리한 '나'라는 놈도 고정되어 있지 않고 변화하는 상황에 따라 내용이 바뀔 것임이 분명하다. 한 번씩 이런 상상을 한다. 나란 존재를 타인에게 소개할 때 나는 어떤 놈이라고 상대에게 소개를 해야 할까를 생각해 보는 것이다. 은퇴한 지금, 과거의 경력이나 지위가 나를 대변하지는 않는다. 오직 현재와 미래의 나에 대해서만 말하고 싶다. 나를 이렇게 소개하고 싶다.

"나의 내면의 속삭임을 잘 살펴서 꾸준히 글을 쓰고 있는 글쟁이이며, 텐트를 짊어지고 국내를 도보로 걷고 있는 트레커이며, 외국인과 영어로 대화하며 웃고, 푸른 바다 위를 헤엄치고, 한적한 곳에 나만의 작은 아지트를 마련해서 검소하면서도 자유인으로 살기를 꿈꾸는 사람"이라고.

나의 장점은 무엇인가

　사람은 누구나 장점과 단점을 가지고 있고 나도 마찬가지이다. 하지만 여기에서는 단점은 제외하고 장점만을 애써 찾아보려 한다. 원래 내 성격이기도 하겠지만 나는 타인을 볼 때 단점보다는 장점을 보려 애쓴다. 상대방의 단점도 이해하고자 마음먹으면 이해되는 부분이 많기에, 가능한 상대의 장점만이 내 눈에 들어오는 것일 것이다. 그래서 내가 직장 다닐 때에 근무평정 기간만 되면 애를 먹었다. 왜냐하면 근무평정 대상 직원들의 강점과 약점을 몇 자 이상 필수적으로 적어야만 했는데, 직원들의 강점은 잘 적어도 약점을 적는 것이 내겐 매우 어려웠다.

남의 장점을 평가하는 것처럼 과연 '나의 장점은 무엇인가?'에 대해 생각해 보려 한다. 하지만 남을 보는 것보다 나 자신을 들여다보는 것이 훨씬 더 어렵다. 나도 내 나름대로 나 자신을 잘 들여다본다고 생각했는데도 막상 글로 옮겨 적으려고 하니 쉽지가 않다.

| 나의 장점은 무엇인가

욕심 없는 착한 마음

예전에 대학 친구가 나를 '살아 있는 부처'라고 별명을 붙여줄 정도로 착하고 순한 사람, 법 없이도 살 사람, 물질적인 욕심이 없는 사람, 남과 아등바등 경쟁하려 들지 않는 사람, 받는 것보다는 주는 것을 즐기는 사람 등의 표현이 나의 존재를 설명하는 말들이었을 것이다. 지금도 마찬가지로 나는 물질적으로 좋은 차나 넓은 평수의 집을 가지고 있거나 좋은 옷을 걸치고 비싼 음식을 먹는 사람을 하나도 부러워하지 않는다. 다만 정신적으로 나보다 뛰어난 사람들은 본받고 싶어 하고 부러워할 때는 있지만 부러워하는 정도를 넘어서 시기하거나 질투는 하지 않는다. 욕심이 없으므로 남들과 애써 비교하지 않으며 사소한 것에서 행복을 발견할 수 있어서 대체적으로 나의 행복지수는 높고 마음은 안정되고 평화롭다.

부드럽지만 강력한 소신과 주관

나는 '좋은 것이 좋다.'라며 상대에게 대부분을 맞추는 유형이다. 하지만 나 자신의 소신이나 주관이 없어서 그런 것은 아니다. 양보하며 살아가도 될 것은 양보하지만, 내가 지켜야 할 것은 목에 칼이 들어와도 지키는 유형이다(실제로 목에 칼이 들어온 경우는 없었지만 내 마음가짐이 그렇다는 얘기다). 사회적 체면이나 타인을 별로 의식하지 않고 내가 생각한 대로 소신 있게 살 수 있는 용기를 나는 가지고 있다고 스스로 믿는다.

혼자서도 잘 노는 것

은퇴한 선배 중에 혼자 놀지 못해서 다시 직장을 구하는 선배들도 있다. 나는 기본적으로 번잡하거나 시끄러운 곳을 좋아하지 않기에 혼자 있어도 외롭지 않으며 더욱이 고독을 즐기는 스타일에 가깝다. TV에서 나오는 소리를 좋아하지 않으며 운전할 때도 라디오를 켜지 않는다. 모두 잠든 새벽에 홀로 깨어서 전자파 소리 같은 삐~ 하는 소리만 귓전에 울리는 상태를 좋아한다. 트레킹할 때는 텐트를 가지고 다니면서 주로 정자에서 자지만 잔디가 잘 깎인 무덤 뒤에서 잠을 청할 때도 있다. 마음에 드는 사람들과 어울리는 것도 그런대로 좋아하는 측면도 있지만 본래적으로 조용히 책을 읽거나 생각을 정리하거나 고요한 곳에 가만히 앉아서 멍때리는 것을 좋아한다. 혼자서도 외로움을 타지 않고 잘 노는 것은 나의 커다란 장점이다.

도전정신과 똘끼

내가 홀로 9개월간 세계 배낭여행을 갈 것이라고 하니 내 친구가 "너도 약간 똘끼가 있는 것 같다."라고 말했다. 내성적이고 차분할 것 같은 친구가 홀로 세계여행을 다닌다고 하니 나를 해석하기가 곤란했던 모양이다. 나는 세계여행을 다니면서 스스로에게 깜짝깜짝 놀랄 때가 있었다. '정말 내 성격이 트리플 A형이 맞는 건가?' 의심하면서 나도 몰랐던 도전정신과 똘끼에 스스로 놀라는 것이다. 나도 잘 모르는 도전정신과 똘끼가 앞으로 나를 어떤 방향으로 이끌고 갈지 나도 지금 쉽게 예측할 수가 없다. 나도 내 모습이 앞으로 어떻게 변할지가 몹시 기대된다.

아직도 유지하고 있는 체력과 책을 가까이하는 습관

어렵게 취업을 하고 직장에 올인하는 시기가 있었다. 하지만 40대 초에 직장에서 크게 어려움을 겪으면서 나 자신을 뒤돌아볼 수 있는 시간을 가지면서 두 가지 결심을 했다. 바쁜 직장 생활에 얽매이느라 잘 하지 못했던 등산과 책 읽기를 하기로 한 것이다. 원래 나는 뭘 하기로 결정하면 약간 강박적으로 열심히 하는 스타일이다. 등산을 위해서 헬스장에 나가 하체 운동만 했으며, 책은 일주일에 한 권 이상으로 정해놓고 읽은 책은 노트에 정리했다. 정년 은퇴 하고 9개월 동안 해외여행을 하면서 3천 킬로 이상을 트레킹할 수 있었던 힘은 그 당시의 등산 체력이 바탕이 되었고, 나의 해외여행 느낌을 글로 정리하고 꾸준하게 기록할 수 있었던 힘은 나의 책 읽기에서 비롯되었음이 틀림없다.

처음 나의 장점을 적어보자고 마음먹었을 때, 나의 내면에서 이런 속삭임이 들려왔다. '내 장점이 있기나 한 걸까?' 역시나 적어놓고 보니 기술적이거나 예술적인 장점은 도저히 찾을 수는 없고 마치 뜬 구름 잡는 듯한 애매모호한 것들만이 딸려 나왔다. 그래도 60세까지 살아오면서 나 스스로 '나의 장점은 무엇일까?'를 고민해 보는 시간을 가질 수 있어서 좋았다. 80세쯤 되었을 때, 또 모를 일이다. "아하! 내게 이런 장점도 있었구나!" 하고 스스로 깜짝 놀라게 될지도.

무엇이 나를
설레게 하는가

나는 뭘 좋아하는가?, 내가 하고 싶은 게 뭘까? 솔직히 잘 모르겠다. 하지만 60년을 살아오면서 나의 가슴을 뛰게 했던 장면들은 어떤 것이 있었을까를 곰곰이 따져본다. 나는 이런 장면들을 보고 있으면 나의 가슴 깊은 곳에서 설렘의 파도가 일렁인다.

| 무엇이 나를 설레게 하는가

자연 속에서 아무 생각 없이 걸을 때

예전부터 장거리 산행을 좋아해서 백두대간, 호남정맥, 100킬로 무박 산행 등을 다녔다. 그래서 은퇴 후 9개월간의 해외여행도 트레킹 위주로 다녀왔다. 투르 드 몽블랑, 산티아고 순례길, 킬리만자로 등정, 마추픽추 잉카 트레일, 파타고니아 트레일, 밀퍼드 트랙, 안나푸르나 ABC를 걸었다. 아무런 생각 없이 내 몸에 집중하면서 걷다 보면 나는 내가 거대한 자연 속에 하나의 세포로 살아 있음을 느끼고 대자연의 중심에 내가 실존하고 있음을 자각한다. 지금도 저 멀리 길게 뻗은 오솔길을 보면 가슴이 설렌다.

자연의 좋은 경치 속에서 한잔 술과 멍때림

술을 좋아한다. 집에서 삼겹살을 굽는 데 소주가 없으면 삼겹살을 못 먹을 정도이다. 산에 갈 때는 술을 많이 챙겨가기 때문에 종종 아내로부터 타박을 듣는다. "산에 술 먹으러 가느냐."고. 산을 걷다가 경치 좋은 나만의 장소가 보이면 나는 자리를 잡는다. 그곳에서 한 시간이건 두 시간이건 멍때리며 천천히 술잔을 기울이며 경치를 감상한다. 나의 마음은 자연과 하나가 되고, 온몸은 기쁨으로 넘쳐난다. 내 삶에서 최고로 행복한 순간이다.

여명, 저녁노을 그리고 쏟아지는 별

나는 가끔 혼자서라도 일인용 텐트를 가지고 가서 자연 속에서 하룻밤을 지새운다. 해 뜨기 직전의 여명과 함께 해가 떠오를 때나 붉은 해가 세상을 물들이며 모습을 감출 때, 고요함과 칠흑 같은 어둠 속에서 하늘의 별이 쏟아질 때, 자연의 경이와 신비를 보는 내 마음은 항상 설렘으로 가득하다.

자연에 파묻힌 외딴집과 무인도

트레킹을 하거나 차를 타고 가다가 숲속에 홀로 지어진 외딴집을 보거나, 저 멀리 바다 한가운데에 홀로 무심히 떠 있는 무인도를 볼 때면, '아! 저곳에 한번 살아봤으면….' 하는 생각을 자주 한다. 나는 TV를 거의 보지 않지만, '나는 자연인이다'라는 프로는 우연히 한 번씩 본다. 왜냐하면 나의 감성과 맞닿아 있기 때문에 그러한 프로를 보면 마음이 설레기 때문이다. 무인도의 로빈슨 크루소처럼 살아보면 어떨까라는 상상도 가끔 한다.

망망대해로 나아가는 배, 정박해 있는 배들

비행기를 보면 그런 생각이 잘 들지 않지만 배를 보면 어디론가 떠나고 싶다는 생각이 가슴에 차오른다. 항구에 묶여 있는 보트들을 보거나 저 멀리 여명 속에 고기를 잡으러 떠나는 배를 보고 있으면 갑자기 어디론가 떠나고 싶어지는 설렘이 올라온다.

타인을 의식하지 않는 자유로운 사람들

홀로 세계여행을 할 때였다. 시드니 해변에 웃통을 벗은 한 남성이 앉아서 해변을 응시하고 있었는데, 그 남자의 등에는 온통 문신이 그려져 있었다. 포르투갈의 사람 없는 바닷가에서 할머니가 홀로 나체로 수영을 하고 있었다. 타인의 시선을 의식하지 않은 채 자기만의 세계에 집중하는 듯한 그들의 모습이 아름다웠다. 나는 직장 생활을 하면서 너무 타인을 의식하면서 살아왔지만, 자유로운 영혼을 가진 듯한 이런 사람들을 보면 가슴이 뛴다.

나도 저렇게 살았으면 하고.

더 넓은 초원을 가로지르며 말 달리는 사람

어느 날 우연히 사진 한 장을 보았다. 몽골의 여자 어린이가 말을 타고 광활한 초원을 달리는 사진이었다. 그 순간 말을 타고 몽골 평원을 달리는 내가 보였다. 몽골에 가서 한 달 내내 말만 타고 돌아와도 신날 것 같다는 생각이 들었다.

2022년 7월에 세계여행을 떠나면서 목표한 두 가지가 있었다. 나 자신과 대화하면서 나를 좀 더 알고 싶다는 것, 그리고 남은 인생에서 무엇을 하며 살 것인가를 찾는 것이었다. 세계여행을 하고 돌아왔지만 내가 뭘 해야 나의 가슴이 설레는지가 명확하게 잡히지 않았다. 앞으로 국내 도보 일주 등을 하면서 계속 나 자신을 좀 더 탐색해 볼 작정이다.

라이너 마리아 릴케는 《젊은 시인에게 보내는 편지》에서 이렇게 썼다. "당장 해답을 구하려 들지 마십시오. 아무리 노력해도 당신은 그 해답을 구하지 못할 것입니다. 왜냐하면 당신은 아직 그 해답을 직접 체험하지 못했기 때문입니다. 그러므로 모든 것을 직접 몸으로 살아보는 것이 중요합니다. 이제부터 당신의 궁금한 문제들을 직접 몸으로 살아보십시오. 그러면 먼 어느 날 자신도 모르게 자신이 해답 속에 들어와 살고 있음을 깨닫게 될 것입니다."
어쩌면 지금 내가 이미 해답 속에 있는지도 모를 일이다.

나를 위한 기도문

내가 초등학교 6학년 때, 선생님이 내준 나의 꿈을 적고 발표하는 자리에서 나의 꿈은 '공무원'이라고 적었다고 이야기했다. 그런데 지금 생각하면 자기의 꿈을 공무원이라는 하나의 직업명으로 너무 단순화시켜 생각했던 것 같다. 단순한 직업명보다는 차라리 "나는 어떤 사람이 되고 싶으냐."는 질문에 답하는 것이 옳았을 것이다.

| 나를 위한 기도문

이런 사람이 되게 하여 주소서.

나의 내면을 잘 살피는 사람이 되게 하여 주소서.
내가 진정 누구인지, 내가 무엇을 좋아하고 원하는지, 내가 지금 이 순간에 무엇을 느끼고 있는지를 잘 살펴볼 수 있도록 하여 주소서.

욕심부리지 않고 지금 가진 것에 만족하는 사람이 되게 하여 주소서.
타인의 욕망을 내 것으로 착각하지 않도록 하여 주시고 무엇을 소유하려는 욕망을 버리게 하여 먹는 종류나 입는 옷차림으로 인해 부끄러움을 느끼지 않도록 하여 주소서.

자기중심이 바로 선 사람이 되게 하여 주소서.
상대방의 비난이나 칭찬에 따라 내 마음이 휘둘리지 않도록 하여 주시고, 그물에 걸리지 않는 바람처럼 오직 마음의 소리에 따라 행동할 용기를 주소서.

지나간 것과 다가올 모든 것에 열린 마음을 가진 사람이 되게 하여 주소서.

어제의 일을 후회하거나 내일의 일을 미리 걱정하지 않게 하시고, 지나간 모든 잘못은 용서하고 다가올 모든 것들은 사랑하게 하여 주소서.

편견 없고 집착 않는 넓은 마음을 가진 사람이 되게 하여 주소서.
오는 사람 거부하지 않고 가는 사람 붙잡지 않듯이, 올 것은 오게 두고 갈 것은 가게 두는 열린 마음을 갖게 하여 주소서.

내 기준에 맞춰 기대하거나 판단하지 않는 사람이 되게 하여 주소서.
상대방에 대한 나의 기대로 인해 섭섭한 마음이 생기지 않도록 하여 주시고 좋은 것, 싫은 것, 옳은 것, 그른 것, 이런 모든 것들은 상대방에 있는 것이 아니라 단지 내 인식의 판단임을 알아차리게 하소서.

자비와 연민으로 이웃과 나눌 줄 아는 사람이 되게 하여 주소서.
나보다 어려운 사람에게 작게나마 자비를 베풀 수 있는 여유로움과 모든 생명체를 돌볼 줄 아는 연민으로 가득 찬 사람이 되도록 하여 주소서.

사람들에게 친절을 베풀 줄 아는 사람이 되게 하여 주소서.
있는 그대로의 상대방을 좋아할 수 있는 친절한 사람이 되게 하여 주시고, 가족들로부터 "괜찮은 사람이야."라는 말을 가끔은 들을 수 있게 하소서.

바른 자세와 꿈을 잃지 않는 사람이 되게 하여 주소서.
어깨는 펴고 허리는 구부정하지 않으며 걸음은 확신에 찬 바른 자세를 가지도록 해주시고 작지만 이루고 싶은 사명이나 꿈을 가슴에 품고 살도록 하여 주소서.

적게 가진 것에 불평하지 않고 자연에 맞춰 사는 사람이 되게 하여 주소서.
소박하고 검소한 생활로 현재 가진 것에 만족하고 감사해하며 매사에 자연을 생각하는 생태적인 생활습관을 유지할 수 있도록 하여 주소서.

요즘 깨달은 것이 하나 있는데, 마냥 착하게만 살지 말자라는 것이다. 어쩌면 착한 사람보다는 마음이 단단한 사람이 되고 싶은지도 모르겠다. 남에게 좋은 인상을 주기 위해 헤프게 웃음을 날리기에는, 남의 부탁을 거절하지 못함에서 오는 내 마음의 불편함을 감당하기에는, 남의 어려움에 너무 마음 아파하느라 나의 자유를 놓치기에는, 의미도 없는 자리에 분위기 맞추느라 그냥 앉아서 내 시간을 죽이기에는, 남아 있는 내 시간이 그렇게 많지 않다는 사실을 이제는 알고 있다. 그래서 타인의 마음보다는 여린 내 마음을 더 돌봐주고 싶다.

인생을 한마디로
정의한다면

내가 40세가 되었을 때, '불혹'을 이해하지 못했다. 지금도 유혹에 이리저리 흔들리니까. 내가 50세가 되었을 때, '지천명'을 이해하지 못했다. 지금까지도 내 사명이나 소명이 무엇인지 모른다. 나이 60세를 공자는 '이순'이라고 했다. 남의 말을 듣기만 하면 곧 그 이치를 깨달아 이해하게 되는 나이라는 말이다. 나로서는 이해하지 못하는 경지이다. 그러니까 내가 공자급이 안 되는 것이겠지만, 그래도 나이가 60살 정도 먹었으니, 내 나름대로 인생이 무엇인지 한번 정리해 보고 싶어진다. 누군가가 "인생은 'ㅇㅇㅇ'이다."라고 정의하라고 한다면, 나는 어떤 말을 할까?

| 인생을 한마디로 정의한다면

인생은 문제의 연속이다

삶에서 일어나는 문제들을 해결해 나가는 과정이 인생이라 생각한다. 누구에게나 그렇듯 인생은 그리 호락호락하지 않다. 어려움이 있더라도 우리는 해결책을 찾기 위한 노력을 해야 하고 최선책이 없다면 차선책을, 차선책이 없다면 고육책이라도 써야 한다. 문제에 압도당해 나뒹굴 수는 없다. 원래 삶 자체가 문제투성이고 그 문제를 풀어가는 자체가 인생이기 때문이다.

인생은 타이밍이다

모든 일에는 적절한 시점이 존재한다. 아무리 좋은 보고도, 아무리 좋은 정책도, 아무리 좋은 충고도, 진심을 다한 사과도, 마음을 담은 프러포즈도 타이밍이 있다. 그래서 타이밍이 성숙될 때까지 기다릴 줄 아는 인내심이 필요하다. 기다리지 못해서 또는 타이밍을 놓쳐서 인생에서 실패하는 경우가 허다함을 명심하라.

인생은 꾸준함이다

꾸준함이 이기지 못하는 것은 없다. 원래 진리는 단순하며 명쾌하며 평범하다. 시작하는 것도 중요하지만 대부분은 꾸준함을 유지하지 못해서 실패하거나 어긋난다. "시작이 반이다."는 말이 있다. 맞는 말이다. 그만큼 시작한다는 것이 쉽지 않다. 하지만 시작을 완성시키는 힘은 꾸준함이다. 단번에 성취되는 인생은 없다.

요행히 성취되는 순간은 있어도 요행히 성취되는 인생은 없기 때문이다.

그래서 인생은 드라마이다

인생은 문제투성이며, 적절한 타이밍을 찾기 위해 긴장해야 하며, 단조롭고 지겹더라도 꾸준함을 유지해야 하는 드라마이다. 세상이라는 큰 무대에서 나 스스로 감독과 주연의 역할을 수행하는 한 편의 드라마다. 드라마의 결말이 희극일지 또는 비극일지, 드라마의 내용이 관객들에게 어떤 평가를 받을지, 남아 있는 상영시간이 얼마나 남았는지, 감독이면서 주연인 나 자신은 알지 못한다. 다만, 문제에 직면하고 타이밍을 찾고 꾸준함으로 인내하면서 현재를 견뎌가며 써 내려가는 드라마와 같다. 미리 짜여 있는 각본이 없는.

우리가 인생에서 만나는 문제는 다양하고 모두 자기의 방식대로 문제를 풀어가면서 자기만의 드라마를 쓴다. 이 드라마가 얼마나 극적인지 얼마나 잘 쓰였는지는 남아 있는 사람들이 평가할 몫이다. 단지 내가 할 수 있는 일은 내 삶에 집중하고 흔들리면서도 나아가려고 애쓸 뿐이다.

인생에서 가장
소중한 건 무엇인가

　영화 〈푸른 소금〉(송강호, 신세경 주연)에서 신세경이 송강호에게 "아저씨, 세상에서 중요한 세 가지 금이 있는데 뭔지 알아?"라고 묻고는 본인이 답한다. "모든 사람이 좋아하는 '황금', 살아가는 데 없어서는 안 될 '소금', 그리고 우리에게 중요한 '지금'." 이 영화에서는 '지금'의 중요성을 이야기하고 있다. 따라서 나의 인생에서 제일 소중한 것이 무엇인가에 대해서 나도 한번 정리해 보려 한다.

| 인생에서 가장 소중한 건 무엇인가

첫 번째는 **'시간'**이다.

나이가 들어가면 시간의 소중함이 더욱 가슴에 와닿게 된다. 개인적으로도 내 인생을 통틀어서 제일 중요하다고 여기는 시기인 60세에서 80세까지의 20년을 관통하고 있기 때문이기도 하다. 특히 시간 중에서도 '지금'을 충분히 의식하고 즐기려고 노력한다. 그래서 지나간 과거를 회상하게 하는 인연은 가능한 한 멀리하려고 하고, 도래하지 않은 미래에 대한 생각도 가급적으로 줄이려고 한다. 오직 '지금 현재'를 알아차리고 느끼며 살아가는 데 집중하려 하고 있다.

두 번째로 소중한 것은 **'사람'**이다.

왜냐하면 제일 마지막까지 나에게 남아 있을 것은 사람이기 때문이다. 나는 은퇴하면서 과거의 영광은 더 이상 추억하지 않겠다고 맹세했다. 재산, 명예, 권력, 지위는 이미 없어졌거나 곧 사라질 것들이다. 내 옆을 지켜줄 나의 아내와 자녀 그리고 내가 알고 지내는 사람들이 나의 마지막 순간까지 나와 함께할 것이다. 결국 마지막까지 남는 것은 사람이고, 그 사람들을 통해서 나란 존재는 다시 정의되고 다시 태어날 것이다.

마지막 세 번째로 소중한 것은 **'너무 가까이 있고 흔해서 중요성을 간과하는 모든 것들'**이다.

이것은 행복의 중요 조건인 만족과 감사하는 마음과 깊이 연관되어 있다. 몸, 공기, 햇볕, 별, 달, 산, 바다 등은 너무나 중요해서 값을 매길 수 없는 것들이다. 하지만 너무 흔하고 늘 곁에 있기 때문에 그 중요성을 간과한다. 우리는 어리석게도 이런 것들을 잃고 나서야 비로소 그 중요성을 깨닫기도 한다. 사실 이것들 외의 다른 모든 것은 어쩌면 부차적인 것들인데도 부차적인 것들을 욕망하느라 시간을 빼앗기고 경쟁하고 서로 싸운다. 어리석기 짝이 없다.

'지금'의 소중함을 알기에 현재의 순간을 알아차리지 못하고 마음이 사방으로 흩어지는 걸 경계하며, 과거를 추억하거나 미래를 걱정하는 데 마음이 가지 않도록 노력한다.
'사람'의 소중함을 알기에 지금 곁에 있는 사람과 좋은 관계를 유지하려 하고, 새로운 만남에는 마음을 열고 먼저 다가가려 한다.
'주변에 늘 있는 것들'의 소중함을 알기에 그들 속에 있는 아름다움을 찾아내고 기뻐하고 감탄하며, 매일 아침 눈을 떠서 맛보는 평범한 일상에 감사하지 않을 수 없다.
진정으로 소중한 것은 값을 매길 수 없다고 한다. '시간, 사람, 주변에 늘 있는 것들'은 나의 인생에서 가장 소중한 것들이다.

행복은
어디에서 오는가

부처님께서는 삶 자체가 고통이라고 하셨으므로 행복은 고사하고 고통만이라도 없거나 덜하다면 차라리 낫다고 할 수도 있겠지만, 우리가 행복하다고 느낄 땐 두 가지 차원에서 행복을 느낀다고 한다. 하나는 지금의 기분 또는 감정 상태가 좋을 때 행복을 느끼고, 다른 하나는 자기의 인생을 종합적으로 봐서 만족한 상태에 있을 때 행복을 느낀다는 것이다. 이것은 행복이 주관적인 감정과 자기 평가적 만족도에 좌우됨을 보여준다.

만약 행복이 주관적이고 자기 평가적이라고 한다면 행복은 개인마다 모두 다르게 정의될 수 있다. 그러니 행복 이야기도 나의 주관적인 의견일 수밖에 없겠지만, 어찌 되었든 삶에서 행복은 아주 중요한 가치임에는 틀림없다. 그럼 대체 행복은 어디에서 오는 걸까. 밖으로부터 오는 걸까, 아니면 안에서 나오는 걸까. 그리고 행복하기 위해서는 어떤 마음가짐으로 살아야 할까.

| 행복은 어디에서 오는가

먼저, 행복은 밖에서 오는 걸까 아니면 안에서 나오는 걸까? 나는 밖에서도 올 수 있고 안에서도 나오는 것이라고 생각한다. 그러함에도 행복은 안에서 나온다는 주장에 손을 들어줘야겠다. 왜냐하면 내부에서 흘러나오는 행복이 훨씬 강력하고 충만하며 지속적이기 때문이다.

원하던 일의 성취나 승진, 명품 등의 선물, 따뜻한 봄날 등과 같이 외부에서도 우리는 많은 행복을 느낄 수 있다. 그러나 외부에서 오는 행복은 간헐적이며, 생명이 짧은 경우가 많다. 간혹 조금은 길게 기쁨이나 행복이 지속되는 것이 있다 하더라도 시간이 지날수록 효용체감의 법칙에 따라 무덤덤해져 가기 때문이다. 또, 외부에서 오는 행복은 나의 마음속 욕망의 크기에 따라 행복을 못 느낄 수도 있다. 마치 와인 병의 와인이 "반밖에 남지 않았어."라며 아쉬워하는 경우처럼.

반면에 내부에서 오는 행복은 훨씬 강력하며 지속력이 크다. 원했던 일의 실패, 승진 누락, 명품이 아니 작은 선물, 폭풍우 치는 여름날 등은 불행한 일일 것 같은데도 마음을 어떻게 내느냐에 따라 고통은커녕 행복감을 맛볼 수도 있기 때문이다. 그래서 많은 현자들이 말하길 "행복은 마음에 달렸다."고 하는지도 모른다. 만일 마음에서 행복이 나온다면 행복하기 위해 어떻게 해야 할까? 내가 생각하기에 중요한 것부터 순서대로 적어본다.

첫 번째는 내 몸이 아프지 않고 건강하려고 신경을 쓴다.

눈의 이물감으로 눈을 깜박일 때마다 따끔거리거나, 잇몸의 염증으로 이빨이 아프다면 행복한 마음을 내고 싶어도 낼 수 없다. 그래서 평소에 운동도 하면서 자신을 관리하려고 노력한다. 나는 30년 이상 하루 한 갑 이상 피던 담배를 만 50세 생일날에 단번에 끊었다. 30년 이상 술을 마시고 담배를 피웠는데도 멀쩡하게 견뎌준 내 몸에 대해 감사의 표시로 '그래 담배 한 가지는 끊자!'라고 다짐한 것이다.

두 번째는 많은 결점에도 불구하고 자기 자신을 인정하고 사랑하려고 한다.

나는 내가 만족할 만큼 잘하진 못했지만 나름 묵묵히 힘든 세상을 그럭저럭 견뎌왔다. 지금까지 잘 견디어 온 나는 충분히 행복해질 자격이 있다고 생각한다. 자기 자신을 못마땅하게 여기면 행복한 마음이 생기지 않는다. 있는 그대로의 나를 사랑할 수 있어야 한다. 사실 행복의 조건에서 건강과 자기 자신에 대한 사랑을 제외하면 부차적인 것들이라 할 수 있다. 자신의 몸이 건강하고 자기 자신을 사랑한다면 부차적이지만 해야 할 중요한 것들이 몇 가지 더 있다.

세 번째는 제일 가까운 사람부터 챙기고 사랑하는 것이다.

남에게는 잘하고 남으로부터 사랑받으면서도 오히려 가까운 가족에게 잘하지 못하는 사람들이 있다. 비정상이다. 더욱이 나이가 들면 가까운 사람들과 잘 지내느냐, 못 지내느냐가 자신의 행복을 크게 좌우한다. 나의 건강 그리고 나 자신과 가족을 사랑하기로 했다면,

네 번째는 만족을 뛰어넘어 감사하는 삶을 살아가려고 노력한다.

적게 가질수록, 단순할수록 나의 움직임은 자유롭다는 것을 알고 있고, 만족하지 못하고 욕구와 욕망에 사로잡혀 있으면 나의 자유는 제약될 수밖에 없다. 소소한 일상에 감탄하고 감사하는 능력은 행복의 중요 조건이다. 내가 지팡이에 의존하지 않고 두 다리로 걸을 수 있다는 사실, 산소 호흡기 없이 숨 쉴 수 있는 건강, 하루 세 끼 굶지 않고 끼니를 챙겨 먹을 수 있다는 것에 만족하고 감사할 줄 알면 기뻐할 것이 얼마나 많을까. 나의 건강, 나 자신과 가족을 향한 사랑, 만족을 뛰어넘는 감사하는 마음을 가지려고 노력하면서, 마지막으로 나의 행복을 위해 한 가지를 더 추가하고 싶다.

마지막으로 성장하는 즐거움을 얻기 위해 노력한다.

어제의 나보다 좀 더 나은 사람이 되도록 노력하는 것은 즐거운 일이다. 책을 읽는 것도 재미있고, 고요한 새벽에 하나의 화두를 놓고 생각을 정리하는 것도 즐겁다. 향후 내가 5년 동안 중점적으로 해야 할 버킷리스트를 정해놓고 내 나름대로의 로드맵에 따라 진행시키는 것도 나의 가슴을 뛰게 만든다. 무리하거나 조급해하지 않고 목표가 아닌 과정의 즐거움도 충분히 누리면서 내가 조금씩 변해가는 것을 지켜보는 것은 커다란 기쁨이다.

배낭 하나 덜렁 메고 프랑스 생장에서 포르투갈 리스본까지 1,400여 킬로의 순례길을 걸었다. 거의 마지막 종착지인 리스본 도착을 며칠 앞두고 여태껏 만나본 적이 없는 폭우를 만났다. 하루에 약 30~40킬로를 걸어가야 하므로 양말이나 등산화가 젖는 것을 최대한 늦추어야 한다. 스패츠와 비닐로 신발을 감싸고, 판초 우의를 최대한 앞으로 내밀어 신발에 비가 떨어지는 것을 막으려고 애썼다. 하지만 강한 바람과 폭우로 20분 만에 신발은 물론이고 엉덩이까지 다 젖었다.

이쯤 되니, 그냥 포기하고 강한 바람과 폭우를 몸으로 받아내기로 했다. 쥐고 있던 마음을 내려놓고 세차게 몰아치는 바람과 빗줄기를 마주하니 나도 모르게 웃음이 나왔다. 끝없이 포도나무가 심어진 지평선 위를 홀로 걸어가면서 하늘과 지평선을 바라보며 한바탕 큰 소리로 웃었다. 소름 돋는 전율이 갑자기 올라왔다. 뭔가 지키고자 쥐고 있던 마음을 탁 놓는 순간에 느낄 수 있는 해방감일까, 완전한 자유일까, 아니면 하늘과 나와 땅이 빗줄기라는 매개체를 통해서 하나로 연결된 느낌이라 할까, 그때 알았다. 모든 것은 마음에서 비롯된다는 것을.

내가 생각하는
행복의 적

앞서 〈행복은 어디에서 오는가?〉란 화두에서 행복은 외부로부터 올 수도 있고 내부로부터 올 수도 있지만 내부의 마음으로부터 오는 행복이 훨씬 지속적이며 강력하다고 적었다. 그리고 행복하기 위한 실천 강령 다섯 가지를 말했다.

첫째, 내 몸이 아프지 않고 건강해야 한다.
둘째, 많은 단점에도 불구하고 자기를 인정하고 사랑하라.
셋째, 제일 가까운 사람부터 챙기고 사랑하라.
넷째, 만족을 뛰어넘어 감사하는 삶을 살아라.
다섯째, 성장하는 즐거움을 얻기 위해 노력하라.

하지만 행복한 생활을 방해하는 것들이 있다. 즉, 행복의 적은 무엇인가를 생각해 본다.

| 내가 생각하는 행복의 적

건강을 잃는 것

건강을 잃는 것은 행복을 방해하는 최대의 적이다. 나이가 들면 젊었을 때와는 달리 몸의 이곳저곳에 고장이 생긴다. 한 살이라도 젊었을 때 자신의 몸을 돌봐야 한다. 꾸준히 운동도 하고, 건강검진도 받아야 한다. 무릎 연골이 다 닳아서 갑자기 걷는 것이 불편해지고, 어느 날 병원에 갔는데 의사로부터 "암입니다."라는 말을 들으면 행복하고 싶어도 행복할 수가 없다.

불행한 인간관계

가족이나 친구 등의 인간관계가 좋은 사람이 행복지수가 높다는 연구결과는 많이 있다. 제일 가까이 지내야 될 배우자와 별거하고, 하나 있는 자식이 부모와 말도 섞지 않고, 마음에 맞는 친구나 이웃이 하나도 없어서, 매일 집 안에서 TV나 보고 혼자 술 마시면서 폐인처럼 생활한다면 행복하겠는가.

남과 비교하는 것

예전에 어느 책에서 읽은 내용 중에 국가별 행복지수가 제일 높은 나라가 부탄이었는데, 온라인이 발달한 지금에는 부탄의 행복 지수가 제일 낮은 국가로 전락했다는 내용이 있었다. 부탄 국민들의 생활은 예전에 비해 나빠진 것은 아니지만, 온라인이나 TV를 통해서 다른 국가와 비교하게 되면서 자신의 처지를 비관하면서 불행을 느낀다는 것이다. 인간은 사회적 동물이라서 남과 비교를 하는 것이 당연하다. 하지만 자기보다 잘나가는 사람과 비교를 해가며 굳이 불행을 느낄 이유가 있을까? 주변에 자기보다도 훨씬 어렵고 고통을 겪는 사람들도 매우 많은데도 말이다. 잘난 사람과 비교하는 것은 자신을 주눅 들게 하고 불행하게 하는 쓸데없는 짓거리에 불과하다. 잘난 사람을 보면 비교하지 말고 그에게서 배울 것은 배우고, 아니면 쿨하게 인정하고 넘어가자.

남과 경쟁하는 것

우리는 학교에서건 직장에서건 경쟁이 너무 심한 환경 속에 살고 있다. 어떨 땐 경쟁을 당연시하고 부추기까지 한다. 인간 사회는 그러면 안 된다. 경쟁하기보다는 협력하고 도움을 주는 관계가 되어야 하고, 남들보다 더 가지려 하지 말고 여유가 있다면 자기 것을 나눌 수 있어야 한다. 1등만이 살아남는 세상에서 경쟁하려 들면 승패가 갈리게 되고 1등 한 명을 제외하면 모두가 패배자가 될 수밖에 없다. 경쟁하려 하지 말고 옆 사람들과 협력하면서 우직하게 자기 갈 길만 그냥 가면 된다. 협력하고 도움을 주는 과정에서 좋은 인간관계가 생기고 행복은 덤으로 찾아온다.

분수 넘는 욕심

욕심의 사전적 의미는 분수에 넘치게 무엇을 탐하거나 누리고 자 하는 마음이다. 하지만 아무리 충족시키려 해도 욕심은 채워지지 않기에 자족하는 마음이 없으면 늘 부족함을 느낄 수밖에 없다. 욕심이 크면 클수록 행복은 채우기 어려워지고 불행은 커진다.

연말연시가 되면 오랫동안 보지 못한 지인들과의 술좌석도 많아지고, 만나지 못한 사람들과는 문자로 덕담을 서로 건넨다. 나이가 어느 정도 되어가다 보니 덕담에는 '건강'이란 단어가 자주 언급된다. 맞다. 건강을 잃으면 모든 것을 잃는다. 하지만, 건강만 하면 행복할까? 몸은 건강한데 가족, 형제간에 잘 지내지 못하면 행복하겠는가. 가까운 사람부터 챙겨야 한다. 자기 몸 건강과 가까운 사람을 챙기고 나면 자기 마음도 챙겨봐야 한다. 남과 비교하거나 경쟁하지 않고 욕심을 멀리한 채 자신이 가야 할 길만 보면서 한 발 한 발 전진했으면 좋겠다. 다가올 한 해도 그런 한 해가 되길 바란다.

돈은 얼마만큼 가져야
적당한가

　돈을 버는 궁극적인 목적은 좀 더 편하고 경제적으로 윤택한 삶을 살기 위해서이다. 그런데 돈 때문에 고통을 겪는 사람들이 있다. 보험금을 노린 가족 살인, 유산을 둘러싼 가족 간의 다툼 등, '돈'이 고통을 야기하는 경우도 주변에서 심심찮게 일어난다. '칼' 자체가 어떻게 사용되느냐에 따라 선도 되고 악이 되듯이, '돈' 자체는 악이 아니다. '돈'은 인간의 삶이 행복하기 위한 수단 중 하나일 뿐이다. 그럼 과연 '돈을 얼마만큼 가져야 적당할까?'를 생각해 본다.

| 돈은 얼마만큼 가져야 적당한가

누군가는 "돈이야 많을수록 좋은 것 아니야?"라고 말하지만, 나는 돈이란 '본인이 생전에 썼던 돈이 자기 돈'이라고 생각하는 사람이다. 자기가 쓰지 못하고 집이나 은행에 남아 있는 돈은 자기 돈이 아니라고 생각한다. 쓰지 못한 돈은 단지 숫자에 불과하거나 아내 또는 자녀에게 돌아갈 돈이다. 돈은 죽어서 가져갈 수 있는 것이 아니기 때문이다. 돈뿐만이 아니라 집, 외제 차, 명품 백도 따져보면 살아 있는 동안 잠시 쓰다가 남겨두고 떠나야 하는 것이 우리의 인생이다. 따라서 나에게는 쓸 만큼의 돈만 있으면 되고 그 외에는 사족과 다름없다. 그래서 쓸 만큼의 돈을 제외한 남는 돈은 누군가에게 줘버려야 한다고 생각한다. 가족이든 친척이든 어려운 사람이든.

돈이 많으면 내가 피곤해질 수도 있겠다는 생각도 가끔 한다. 돈이 많으면 자식이든 주변 사람이든 은연중에 나의 도움을 기대할 것이고 내가 그들의 기대치에 미치지 못하면 비난을 받을 수도 있을 것이다. 또한 많은 돈을 관리하기 위해 신경 쓸 일도 많아질 것이기 때문이다. 돈에 대한 생각이 깊어질수록 돈에 얽매인다는 느낌도 강하게 든다. 예전에 약간의 여윳돈으로 주식을 산 적이 있다. 하루에도 수차례 휴대폰으로 주식가격을 들여다보며 일희일비하고 가격이 조정될 때마다 내 마음도 널뛰기를 했다. 그래서 얼마 뒤에 손해를 보더라도 주식을 모두 처분하고 말았다. 주식에 매인 마음을 풀고 나니 마음이 한결 자유로워졌다.

가끔은 이런 상상도 한다. 만약 로또가 당첨되면 그 돈을 어떻게 할까 하는 상상. 당첨되면 가족을 포함한 주변 사람에게 비밀로 하고 그 돈으로 어려운 사람들을 도와주는 상상을 해본다. 갑작스럽게 생긴 돈으로 인해 나의 일상이 흔들리고 싶지 않기 때문이다.

그러면 내가 쓸 만큼의 돈은 어느 정도의 양이 있어야 하는 것일까? 좋은 집과 차, 맛난 음식 등은 내 관심사가 아니다. 나의 여생도 단순하고 간결하며 생태적인 삶을 고려하고 있어서 많은 돈은 필요치 않다. 만일 돈이 부족하면 우선순위를 따져 덜 중요한 것을 줄이려고 한다. 쓸 돈을 마련하느라 내키지 않는 일을 하지도 않을 것이다. 남들이 보기에 풍족하게 돈을 쓰는 것이 아니라, 부족해 보이는 듯하지만 검소함을 유지할 수 있을 만큼의 돈이면 나에게 적당하지 않을까 생각한다.

돈은 너무 없어도 고통스럽지만, 너무 많은 돈도 종종 비극을 불러 고통을 준다. 가난은 때때로 인간을 비인간화하지만, 많은 돈도 사람을 비인간적으로 만들기도 한다. 돈이 가지는 양면성이다. 돈과 관련된 좋지 않은 뉴스 보도도 많다. 마치 돈에 웃고 돈에 울고 돈이라면 만사 오케이 하는, 돈이 삶을 지배하는 세상 속에 빠져 있는 듯한 착각이 들기도 한다. 하지만 뉴스의 보도처럼 세상은 물질적이고 비인간적이 아니라는 것을 나는 안다. 뉴스거리에 나오지 않는 대부분은 어려운 사람들을 도와주고 친절하고 헌신하는 사람들이다. 남은 인생은 돈에 너무 욕심부리지 않고 검소하고 담백하게 살면서 주위의 어려운 이웃들을 돌보며 어울려 살고 싶다.

"자기 자신을 사랑하라!"라고 말한다.
왜 그래야 할까

2018년 방탄소년단의 리더 RM이 유엔에서 멋진 연설을 했다. "진정한 사랑은 나 자신을 사랑하는 것에서 시작합니다…. 저도 다른 많은 사람들처럼, 많은 흠이 있고, 그보다 더 많은 두려움이 있습니다. 그래도 이제는 저 자신을 온 힘을 다해 끌어안고 천천히, 그저 조금씩 사랑하려 합니다." 24살 된 청년의 멋진 메시지였다. BTS의 곡 중에 〈LOVE YOURSELF〉도 있지만, 사람들은 "자기 자신을 사랑하라."라고 말한다. '왜 자기 자신을 사랑해야 할까?'

| "자기 자신을 사랑하라!"라고 말한다. 왜 그래야 할까

나 자신을 사랑해야만 내면의 아이를 안아줄 수 있다

우리 모두는 완벽한 존재가 아니라서 쉽게 상처받곤 한다. 상처가 쌓이면 자존감이 떨어지고 자신을 비난하며 최악은 절망으로 전진하기 힘들게 된다. 전진하지 못하고 슬픔으로 웅크린 자기 내면의 아이를 안아줄 수 있는 사람은 '타인' 또는 '나 자신'인데, '타인'의 위로나 사랑도 내면의 아이에게 도움을 줄 순 있지만, 자기 내면의 아이를 타인에게 드러내는 것 자체가 쉬운 일이 아니다. 그렇기에 내면의 아이는 내가 위로해야만 한다. 내면의 아이를 위로하기 위해서는 내가 나 스스로를 사랑할 때만 가능하다. 스스로를 사랑하지 않으면 내면의 아이는 점점 더 숨어 들어갈 수밖에 없다.

자신을 사랑해야만 평생지기인 '자기'와 잘 지낼 수 있다

직장에서는 동기와 잘 지내야 한다. 자신과 제일 오래 근무하는 사람이기 때문이다. 동기와 잘 지내면 나중에 동기들이 도와준다. 나는 승진할 때 동기들의 도움을 많이 받았다. 먼저 승진한 동기가 나를 끌어주었다. 내 뒤에 있는 동기들은 나를 밀어주었다. 마찬가지로 내면의 자기와 잘 지내야 한다. 왜냐하면 자신과 제일 오래 같이 살아가는 사람이기 때문이다. 자기 내면의 자기와 좋은 관계를 맺지 못하면 어찌 되겠는가? 평생을 서먹서먹하게 지낼 수는 없지 않은가? 따라서 내면의 자기에게 잘 대해줘야 한다. 그래야만 내면의 자기가 당신의 평생 우군이 된다. 내면의 자기를 잘 돌보지 않으면 당신의 적이 될 수도 있다. 극단에 이르면 당신을 죽일 수도 있다. 나도 성격상 나 자신에게 더 엄격한 잣대를 대는 경향이 있었지만, 이제부터는 내면의 자기를 긍정하고 사랑하려고 노력한다. 앞으로는 서로를 응원하는 영원한 동지로 살 것이다. 내가 삶을 마감하는 날까지.

나 자신의 단점조차도 사랑해야만 남도 사랑할 수 있다

자신의 단점 때문에 자신을 사랑하지 못하는 사람이 있다. 자신에게 엄격한 잣대를 들이대는 사람들이다. 그런 반면에 자신의 단점에도 불구하고 자신을 사랑하는 사람도 있다. 단점보다는 장점에 초점을 맞추는 사람들이다. 사람들은 대부분 자신의 단점이나 결점은 숨기고 싶어 한다. 이것은 누구나 가지는 자연스러운 감정이다. 하지만 뭘 감추려 들면 행동이 부자연스러워진다. 모든 게 조심스럽고 무언가에 제약을 받는 듯한 인상을 준다. 반대로 자신의 단점이나 결점도 자신의 일부임을 포용하는 사람들이 있다. 이런 사람들은 말이나 행동이 거침없고 자유롭다. 애써 감추려 들지 않기에 남들이 보기에도 자유롭게 보이는 것이다. 자신이 가지고 있는 단점이나 결점을 알고 그것도 자신의 일부임을 인정하고 사랑으로 감싸줄 때, 우리의 태도는 주눅 들지 않고 자유로워진다. 자신의 단점을 포용할 줄 아는 사람이 남의 단점이나 결점도 포용할 줄 안다. 자신과 잘 지내는 사람이 남들과도 잘 지내고 자신이 행복한 사람이 타인을 행복하게 한다. 자신을 사랑하는 사람만이 남도 사랑할 수 있다.

자신을 사랑해야만 '참자기'를 온전히 드러낼 수 있다

우리는 자식, 남편, 아버지, 노동자 등의 역할을 수행하느라 가면으로 포장된 '거짓 자기'로 생활하는 경우가 많다. 포장된 '거짓 자기'는 사회적으로 모범화된 역할 수행을 강요받지만, 완벽한 역할을 수행한다는 것은 불가능하다. '거짓 자기'에게 중요한 것은 사회적인 인정이므로 끊임없이 상대와 비교하면서 자신의 부족함을 채찍질한다. 하지만 완벽함은 없기에 '거짓 자기'와 '참자기'의 괴리감에 우리는 힘들어하며 고통 속에서 자주 눈물짓는다. 고통스러워하는 '참자기'를 사랑으로 따뜻하게 안아줄 수 있어야만 자기의 내면 깊숙이 존재하는 '참자기'를 세상 밖으로 드러낼 수 있다. '참자기'를 온전히 드러낼 수 있을 때, 참다운 '나다움'이 비로소 완성된다.

자신을 사랑해야만 타인이 아닌 본인을 우주의 중심으로 삼을 수 있다

세상은 원래 나를 중심으로 돌아가야 하는데, 우리는 타인을 너무 많이 의식하기 때문에 세상이 자기를 중심으로 돌게 하지 못한다. 하지만 자신을 사랑하면 타인보다는 자신을 더 많이 의식하게 되고, 내가 수행하는 모든 선택들은 '나 자신'을 위한 것에 초점이 맞춰진다. '나 자신'에게 초점이 맞추어져 있지 않은 세상의 모든 움직임은 부차적인 것일 뿐이다. 우주의 중심은 나이기 때문이다.

내가 나 스스로에게 건네는 위로나 사랑은 타인에게 받는 것보다 더 큰 힘이 된다. 스스로에게 인정받는 것이기 때문이다. 모든 생명이 잠들어 있는 고요한 새벽, 너무나 조용해서 귓가에 전자파 소리만이 느껴지는 시간에, 마음속으로 내 이름을 부르면서 말을 걸어보라. "○○야! 그동안 고생 많았다. 어려움 속에서도 잘 견뎌줘서 네가 고맙다. ○○야! 존경한다. 그리고 사랑해." 이런 속삭임을 들으면 나도 모르게 눈 밑이 촉촉해진다. 그냥 이름만이라도 자신을 향해 마음속으로 가만히 부르면 뭔가 먹먹한 느낌이 들기도 한다. 내가 나이를 먹은 탓인지도 모르겠지만.

내가 불안과 두려움을 이겨내는 법

누구나 한 번의 일생을 산다. 어떤 이는 물 흐르는 방향으로 흘러가듯 살고, 어떤 이는 물을 거슬러 도전하듯 삶을 선택한다. 누구든 '살아 있음'을 느낄 수 있는 삶을 살고 싶지만 익숙하지 않은 새로운 일을 하고자 할 때면 '불안'이나 '두려움'이 슬며시 다가온다. 나는 태생적으로 소심하고 안정적인 성격이라 이러한 감정들을 극복하는 게 쉽지 않았다. 그래서 이러한 감정들이 슬며시 올라올 때에는 나름대로의 마인드 컨트롤이 필요했다. 내가 삶을 사는 과정에서 불안이나 두려운 감정을 조금이라도 낮추기 위해 내가 취했던 방법들에 대한 이야기이다.

| 내가 불안과 두려움을 이겨내는 법

구체적으로 노트에 적어보면 해결책도 보인다

은퇴 후 세계여행을 계획할 때 해외여행 경험도 없고 영어도 잘 못하니 불안했다. 그래서 구체적으로 무엇이 불안하고 두려운지를 노트에 적었다. 비행기 티케팅과 탑승은 제대로 할 수 있을까?, 입국심사의 질문에 제대로 답할 수 있을까?, 현지 교통 이용과 숙박 시설을 잘 예약할 수 있을까? 등등.

불안 요소를 막상 구체적으로 적어놓고 보면, 많을 것 같은 불안 요소가 의외로 적다는 것을 알 수 있다. 각 항목에 대해서 자꾸 생각하다 보면 불안 요소에 대한 해결 방안이 보인다. 비행기 탑승 못 하면, 남는 게 시간인데 다음 비행기 타면 되지 뭐. 입국심사 때 영어는 구글 번역기에 대고 말해달라고 하지 뭐. 교통 이용이나 숙박은 여행 후기 보며 유용한 어플 몇 개 다운받으면 되지 뭐. 이런 식으로 해답을 찾게 되는 경우가 대부분이다.

참고로 실전에서는 비행기 놓친 적 없고 환승 잘했으며, 입국심사에서 많은 질문을 하는 경우는 없었으며 구글 번역기를 내밀면 귀찮은 듯 더 묻지 않고 도장을 찍어주는 경우도 있었다. 여행 중에 만났던 외국 사람들은 이방인에게 친절하게 가르쳐 주었기 때문에 별문제 없이 여행했다. 불안 내용을 구체적으로 적어보라! 불안 요소는 생각보다 적으며 해결책도 찾기가 훨씬 수월하다.

앉아서 걱정하지 말고, 일어서서 움직인다

낯선 곳에서의 하루하루는 모든 것이 도전이다. 어떤 항목은 도저히 자신이 없어서 한계선을 긋고는 포기하는 경우도 있었지만, 실제 움직여 보면 자신이 걱정했던 것보다 훨씬 잘 풀린다는 것을 우리는 경험으로 알고 있다. 걱정의 95%가 쓸데없는 것이란 통계도 있지 않은가. 생각하지 말고 몸을 움직여라! 용기는 움직임에서 절로 나온다.

불안이나 두려움을 일으키는 원인을 제거한다

2022년 10월 탄자니아 잔지바르 공항에 입국했다. 입국 전에 잔지바르 공항에서 2킬로 정도 떨어진 숙소를 예약했었는데 공항이 시골 지역이라 숙소도 빈민촌의 한가운데 위치하고 있었다. 그래도 숙소에만 있을 수는 없기에 구글 지도를 검색해 보니 숙소에서 몇백 미터 외곽에 마을 해변이 있었다. 하지만 주변의 빈민 지역을 걸어 들어갈 용기를 쉽게 내지 못하다가 용기 내어 구글 지도를 보며 골목길을 걷는데 저 멀리 흑형들이 걸어오는 것을 보고는 깜짝 놀라서 뒤돌아 숙소로 도망치듯 돌아와야만 했다.

'무엇이 나의 행동을 붙잡고 있는가?'를 생각해 보았다. '가진 것을 빼앗기거나, 몸을 다칠지도 모른다는 것'이 나의 불안 요소였다. 그래서 약간의 돈(강도를 만나면 뺏겨도 될 만한)과 휴대폰만 챙겼다. 그리고 '흑형들을 만나면 먼저 인사하자!'고 마음먹었다. 불안과 두려움은 조금 가라앉는 듯했고 흑형들이 보이면 먼저 인사를 건넸다. 아무런 문제 없이 마을 해변을 잘 구경하고 숙소로 돌아올 수 있었다. '최악의 경우에 없어도 될 만큼만 소유하라, 그리고 먼저 다가가서 인사하라!' 불안이나 두려움을 일으키는 요소를 제거하면 행동하기 훨씬 수월하다.

불안한 상황도 관점을 바꾸면 덜 불안하다

프랑스 샤모니는 유명 관광지라서 숙소를 미리 예약해야 한다. 2022년 8월, '투르 드 몽블랑' 트레킹을 하고 샤모니로 돌아왔다. 며칠 전 예약된 숙소를 찾아갔더니 체크인 날짜가 내일이라고 했다. 내가 날짜를 하루 뒤로 잘못 예약한 것이다. 몇몇 호텔을 검색해서 다녔지만 그날 샤모니 시내에서 내가 잘 방은 없었다. 내 위치에서 20~30킬로 떨어진 곳에 호텔이 있었지만, 하룻밤을 자기 위해 이동해야 하는 불편과 비싼 숙박비를 지불하기는 싫었다.

마침 계절은 여름이었고 내 배낭에는 얇은 침낭도 한 개 들어 있었기에, 불안했지만 샤모니 광장 벤치에서 노숙하기로 결정했다. 해외에 나와서 노숙 한번 하는 것도 괜찮지 않은가. 강도를 만날지, 경찰을 만날지, 친구를 만날지 누가 알겠는가. 다음 날 무사히 깬다면 좋은 경험담이 되지 않겠는가라는 생각으로 가게에서 와인 한 병 사서 마시고 옆의 강물 소리를 들으며 잤다. 아무 일 없이 잘 잤고 돈도 아낀 것이다. 관점을 바꾸면 덜 불안하다.

불안과 두려움은 닫힌 마음에서 생겨난다. 마음을 열어라

혹시 자녀가 나에게 삶의 조언을 부탁한다면, "책을 읽어라." 하는 조언 다음으로 해주고 싶은 말은 "마음을 열어라."라는 말이다. 원래 모든 여행은 익숙한 것과의 결별이어서 어느 정도 불안과 두려움이 동반된다. 이때 동반되는 불안과 두려움은 달리 표현하면 호기심이고 설렘이기도 하다. 마음이 닫히면 의심하게 되고 의심은 불안과 두려움으로 변해서 내 속에서 증폭되지만 마음을 열면 모든 것이 호기심과 설렘으로 다가온다. 오직 내가 할 한 가지는 '마음을 열고' 떠나기만 하면 된다. 마음을 열고 먼저 다가가는 것은 우주의 기운을 받아들이는 행위이다.

그까짓 것! 죽기밖에 더 하겠나!

해외여행을 떠나기 전에는 불안이나 두려움이 약간 있었지만, 막상 해외여행 중에는 거의 느끼지 못한 채로 다녔다. 나는 평소에 '당장 내일 죽는다 해도 별로 회한이나 여한이 없다.'라고 생각하는 사람이다. 나는 하루하루 내가 하고 싶어 하는 것은 하는 사람으로 죽음에 대해서는 내 나름대로 정리를 해두었기 때문이다.

그렇다 하더라도 두려움이 올라오면 옛날부터 내가 주문처럼 외고 다니는 문장이 있다. '그까짓 것! 그게 뭣이라고, 죽기밖에 더 하겠나!' 새로운 도전에 대한 불안이나 두려움이 올라오면 소심한 내 성격에 용기를 불어넣기 위한 나만의 주문이다. 나는 이것을 '그까짓 것' 정신이라 부른다. 누구나 한 번 살고 누구나 언젠가는 한 번 죽기 마련이다. 두려움에 떨고 있어야 할 이유가 있을까?

인생을 두 번쯤 산다면 이전 삶의 경험치가 있어서 좀 더 잘 살 수 있을지는 모르겠지만, 상황의 변수는 늘 변하기 마련이므로 달라진 조건에 맞는 대응책을 매번 찾아야만 한다. 살다 보면 최선을 다해 열심히 했지만 실패하는 경우도 많고, 설렁설렁 했는데도 좋은 결과가 나올 때도 있다. 우리의 예측은 빗나가기 일쑤라서 불안함과 두려움을 완전히 없애는 것은 불가능할 것이다.

하지만 불안과 두려움이 클수록 가슴 뛰는 일일 가능성이 크다. 왜냐하면 잘하고 싶다는 욕망도 크기 때문에 실패에 대한 두려움도 커지는 것이니까. 조용히 눈을 감고 생각해 보라. '불안하고 두렵다.'라는 느낌이 드는가? 그런 일은 반드시 하도록 하자. 성공하든 실패하든 그 일은 분명 중요한 일일 가능성이 크기 때문이다.

내가 매일
술을 마시는 것은

우리 가족은 아버지부터 형님까지 남자들이 술에 강했다. 아버지도 술과 담배를 매우 즐겼지만, 60세 전후에 완전히 끊었다. 아버지의 결단력에 우리 가족 모두는 매우 신기해했다. 담배나 술을 끊으려다 실패한 경험담이 TV에 방영되면 우리에게 들으라는 듯이 매번 혀를 끌끌 차며 말했다. *"병신들, 그걸 한 방에 못 끊어!"* 하시면서.

원래 가족력에 알코올 중독자가 있으면 위험성이 3~4배 높다고 한다. 적어도 가족력에 따른 위험성을 없애준 아버지에게 감사할 따름이다. 나는 술과 담배를 고등학교 학력고사를 치고 나서 선배들과 어울리면서 시작했으니 나름 오랜 역사를 가지고 있다. 담배는 하루에 한 갑 이상, 술은 소주병 기준 2병 이상이었다. 지금은 소주 도수가 낮아져서 2병으로는 어림도 없지만 말이다.

내 나이가 50세쯤 될 때, 잠 못 자고 뒹구는 새벽의 어느 날, 30년 이상을 줄기차게 피우고 마시는 걸 견뎌준 내 몸에 대하여 고맙다는 생각이 들었다. 그래서 내 몸에 대한 감사의 표시로 한 가지는 끊자고 다짐했다. 직장 생활 중이라서 술은 끊으면 인간관계가 안 될 것 같았기에 나이 앞자리가 바뀌는 50세 생일날에 금연을 선언했다. 30년 이상 줄기차게 피운 담배를 하루아침에 끊은 결단에 가족들은 환영했다. 그런 면에서 나는 아버지를 닮은 모양이다.

하지만 술은 지금까지 하루도 빠지지 않고 마시고 있다. 하루에 마시는 술의 양도 적지 않다. 물론 매일 술을 같이 마셔줄 친구가 많은 것도 아니고, 매일 식당에서 술을 마실 만큼 경제적 여유도 없기에 대부분은 집에서 가족과 먹거나 혼술을 한다. 내가 2019년에 술 먹은 날과 양을 수첩에 체크한 적이 있었다. 1년 중에 술을 입에도 안 댄 날이 며칠이나 될까를 체크해 보니 365일 중 8일이었다.

내가 이렇게 체크하기로 마음먹었던 것은 아마도 이런 생각이 작동했을 것이다. '내가 알코올 중독인 것은 아닌가?', '이렇게 매일 술을 마셔도 되는 것인가?', '내가 지금이라도 내 의지로 술을 조절하는 게 가능할까?'라는 의구심이 들었던 것 같다. 하지만 2019년도 체크 이후로는 더 이상 체크하지 않는다. 매일 마시고 있으니까 체크는 더 이상 의미가 없었기 때문이다.

그래서 나에게는 없어서는 안 될 술이란 화두를 가지고 생각을 해본다.

'나는 왜 매일 술을 마시고 있는가?'

'나는 알코올 중독자인가?'

'만일 술을 끊는다면 언제, 무슨 이유로 끊게 될까?'

술을 마시는 이유에 대해서 술 한잔하면서 이 질문에 답한다.

내가 매일 술을 마시는 것은

〈술을 마시는 이유〉

일단은 불면증 이야기를 해야겠다

나는 성격 자체가 생각과 고민이 많은 스타일이다. 한 가지 문제가 해결되지 않으면 다음 문제로 넘어가지 못한다. 즉, 멀티태스킹(multi-tasking, 다중 작업) 능력이 없다. 밤에 해결되지 못한 문제가 있으면 생각이 꼬리에 꼬리를 물면서 잠을 자지 못했다. 여기에 50세 전후의 극심한 사추기가 한몫 더했다. 술을 먹지 않으면 잠을 못 잤다. 객지 생활을 할 때는 새벽에 술을 사러 편의점에도 자주 갔다. 술을 마시면 생각을 접고 뻗어 잘 수는 있었다.

예전에 처남이 제약회사 영업사원으로 일할 때 나에게 수면제를 가져다준 적이 있다. 하지만 나에게는 수면제가 도움이 되지 않는 것 같았다. 술을 대신하여 수면제를 먹어가면서 잠을 청하는 것도 나에겐 좀 이상하긴 했다. 그 당시에는 불면증 때문에 술의 기운을 빌렸다 치더라도, 만일 지금 술을 먹지 않고 생활한다면 잠을 잘 잘 수 있을까? 잘 모르겠다. 술을 먹고 싶지 않은 날이 없으니.

술을 마시면서 상대와 때론 나와 대화하는 게 즐겁다

나는 편한 사람과 같이 술을 마시는 걸 즐긴다. 직장에서는 어쩔 수 없이 불편한 사람과 술좌석에 합석할 때가 있다. 그 좌석에서는 최대한 자제했다가 끝난 후에 따로 친한 사람과 한잔 더 한다. 그러나 매일 마셔줄 상대는 없기 때문에 집에서 혼술도 즐긴다. 알코올에 의해서 몸은 이완되고 생각은 취한 듯 이곳저곳을 비틀거리며 탐험한다.

나는 TV를 보지 않기 때문에, 술을 먹은 상태에서는 책을 볼 수도 없다. 가족들과의 식사가 다 끝난 후에도 혼술하며 이런저런 생각을 한다. 그러다 한순간 생각 조각이 일어나면 재빨리 휴대폰에 기록한다. 나에게 흐르는 생각을 포착하며 나 자신과 대화하다가 뻗어 자는 게 나의 일상이다.

좋아하는 술을 먹지 않을 이유가 없었다

매일 많은 술을 마셔도 술로 인해 상대방을 힘들게 하거나 나 자신에게 실망한 적은 없다. 물론 많은 양의 술을 먹기 때문에 일정 시간대의 필름은 자주 끊긴다. 그래서 술좌석에서의 약속은 휴대폰에 저장하는 습관이 생겼다. 다음 날 저장되어 있다는 것조차 기억하지 못할 때도 있지만.

하지만 필름이 끊겼다고 상대에게 크게 피해를 주었다고는 할 수 없다. 합리화 같지만, 술좌석에서의 했던 말을 다음 날 또렷이 기억해서 뱉어내는 사람은 조금은 무섭기까지 하다. 술좌석의 일은 술좌석에서 끝내야 한다. 지금까지 내가 좋아하는 술을 끊어야만 하는 이유를 발견하지 못했기에 어제도 마셨고 오늘도 마신다.

〈나는 알코올 중독자인가〉

알코올 중독자 자가 진단표에 10개 항목이 있다. '얼마나 술을 자주 마시는지?', '술을 마시면 몇 잔을 마시는지?', '지난 1년간 술이 자제가 안 된 횟수는?' 등등. 이 지표에 의하면 나는 분명히 알코올 중독자이다. 나는 매일 술을 마시고 있으며 마시는 양도 적지 않다. 자제가 안 되는지 아니면 자제를 하고 싶지 않은 건지도 잘 모른다. 자제하거나 끊으려고 시도해 본 적이 없으니까.

단지 지표 중에 눈여겨볼 만한 지표가 2개 정도 있다. '술로 인해 남에게 피해를 주거나 피해를 당한 적이 있는가?', '술이 나에게 건강상의 문제를 일으키고 있는가?'이다. 위의 두 가지 지표에 대해서는 나는 그렇지 않다고 답변한다(물론 가족의 생각은 다를 수 있지만).

술 마시고 남에게 피해를 주는 경우는 없다. 술 마시는 동안에는 멀쩡(?)하고 집도 잘 찾아온다. 다만 집에 와서야 정신 줄을 놓아서 뻗어버린다. 앞서 말했듯이 단 한 가지, 필름이 끊기는 문제는 있다. 아주 오래전부터 술이 과하면 필름이 끊어지는 현상이 발생했는데, 이것은 내가 술을 남들보다 많이 마셔서 그런 것이지 알코올성 치매 증상은 아니라고 애써 부인하고 있다.

따라서 술을 매일 마시고 많은 양을 마시기는 하지만, 내가 술로 인해 남에게 피해를 주거나 나의 건강을 해칠 정도이면 나는 내 의지로 술을 끊을 수 있다고 자신하고 있다(이것도 망구 내 생각이긴 하지만). 때문에 지표상으론 중독자가 맞지만 치명적이진 않다고 주장한다.

〈술을 끊는다면 언제, 무슨 이유로 끊게 될 것 같은가〉

지금은 술을 끊는다는 것은 상상할 수 없다. 내가 젊었을 때, 직장동료들과 술 한잔할 때 입버릇처럼 한 말이 있다. 나의 소원은 80세까지만 지금과 같이 술을 마시는 것이라고. 만일 80세 이상까지 마실 기력이 된다면 어찌할 것인가? 그래도 80 넘어까지 그렇게 마시는 것은 추해 보인다.

근데 나도 내 성격을 조금은 파악하고 있다. 나는 내성적이고 착한 척하면서도 똘끼도 있고 강단도 있다는 걸 안다. 그래서 만일 끊는다면 특별한 이유 없이 끊을지도 모르겠다. 술로 인해 남에게 피해를 주거나, 건강을 크게 해친 뒤에 어쩔 수 없이 술을 끊는다는 것은 내 자존심이 허락하지 않을 것 같다. 남이 보기에는 술을 끊을 이유가 전혀 없어 보이는데 어느 날 내가, "이제까지 마실 만큼 마셨으니, 이제 그만 먹어도 되지 않을까?" 하며 쿨하게 웃으면서 금주를 선언하는 나를 상상해 본다.

내가 술에 대한 화두를 적어놓고는 '이 화두는 정리하는 데 시간이 좀 걸리겠는걸.' 하고 생각했다. 그런데 많은 시간이 걸리지는 않았다. 아마 술에 대해서 평소에 하고 싶었던 말들이 많았나 보다. 애주가로 소문난 고은 시인이 말했다.
"내가 술을 사랑하고 술이 나를 사랑하는 경지에 있으면, 아무리 많이 마셔도 술이 나를 해코지하지 않습니다. 술은 자고로 다음 날 눈을 떴을 때, 얼마나 먹었는지, 어디서 먹었는지, 누구랑 먹었는지, 무슨 일을 했는지, 기억이 안 나는 게 술이지 그 외에는 단지 곡차일 뿐입니다."라고.
맞다. 술은 항상 좋은 사람들과 기분 좋게 마셔야 한다. 그뿐이다.

나는 왜 개를
좋아하게 되었는가

　내가 해외로 여행할 때 아내가 농담 삼아 한마디 했다. "해외에 있으니 내 얼굴이 보고 싶은 게 아니고 몽실이가 더 보고 싶지?"라고. 몽실이는 우리 집 강아지 이름이다. 아파트에 거주하기 때문에 개나 고양이를 키울 생각은 전혀 없었다. 그런데 2017년 6월 2일(앞 주인의 말로는 태어난 날은 2016. 11. 8.)에 전혀 예상치도 못했고 마음의 준비도 되지 않은 상황에서 딸이 8개월 된 강아지(코카스파니엘)를 집으로 데려왔다. 당시 노모와 우리 부부는 합세하여 강아지를 돌려보내야 한다고 딸과 한바탕 전쟁을 치렀으나 우리가 졌다. 그리하여 몽실이는 우리 식구가 되었다.

몽실이는 나를 제일 많이 따른다. 내가 집에 오면 꼬리를 흔들며 나를 향해 폴짝폴짝 뛴다. 내 얼굴을 향해 격하게 혓바닥을 날름거리며 몸 전체로 반가움을 표현한다. 내가 머리를 쓰다듬으면 오줌을 지리면서 좋아한다. 또한 내가 집에 올 때까지 오줌과 똥을 참았다가 내가 집에 오면 해결하는 듯하다. 잠잘 때는 항상 내 옆에 누워 잔다. 좋아하는 산책도 내가 가지 않으면 따라나서지 않을 때도 많다. 처음 반대했던 것과는 달리 지금 우리 부부 모두 몽실이를 좋아한다. 우리도 언젠가는 이별을 맞이하게 될 것이다. 미래의 일인데도 생각하면 벌써 우울해진다. 내가 왜 개를 좋아하게 되었을까?

| 나는 왜 개를 좋아하게 되었는가

첫째, (내가 제일 중요하게 생각하는 것이지만) **개가 '말'을 하지 않기 때문에 사랑스럽다고 단언한다.**

자녀도 그렇지 않은가? 자식을 낳으면 예쁘고 사랑스럽기 그지없다. 말을 배우기 전이라서 눈빛으로 말하기 때문이다. 옹알이라도 하면 거의 부모는 좋아 죽을 지경이 된다. 옹알이는 부모가 편한대로 해석하면 되니까. 커가면서 말을 배우고 말로써 자신의 서운함을 표현하고 대꾸도 한다. 그러면 자식에게 상처받을 수도 있고 미워지기도 한다.

만일 반려견도 인간의 말을 배울 수 있다면, 그래서 인간이 하는 말로 자신의 욕구를 이야기한다면 지금처럼 사랑스러울까? 나는 그렇지 않을 것이라 단언한다. 몽실이는 눈으로 말을 한다. 정말이다. 주인의 눈빛을 읽기 위해 눈을 응시한다. 주인의 미세한 움직임의 의미를 포착하기 위해 섬세하게 주인을 관찰한다. 그러한 몽실이의 눈빛을 보고 있으면 사랑스럽기 그지없다.

생을 마감할 때까지 침묵하는 반려견. 눈빛과 몸짓으로만 표현하는 반려견. 단지 우리는 반려견을 좋은 쪽으로 해석하든지 아니면 무시하든지 함으로써 우리는 상처받지 않는다. 침묵이 사랑을 받게 되는 중요한 이유인 것이다.

둘째, 개에게서 완벽한 사랑의 모습을 본다.

무조건적인 사랑의 대명사인 모성애를 뛰어넘는 완벽한 사랑을 개에게서 확인할 수 있다. 인간과 개의 사랑에 조건은 없다. 사람과 반려견 사이에 '말'이 통하지 않으니 조건을 달 수도 없다. 사람도 기대를 품지 않은 순수한 사랑을 반려견에게 보내고 물론 반려견도 변치 않는 순수한 사랑으로 보답한다.

어머니의 모성도 지나치면 불편하다. 사랑, 관심, 간섭은 종이 한 장 차이이다. 사랑이 관심이고 관심은 간섭으로 쉽게 변질된다. 내가 노모의 관심에 화를 내는 것도 간섭으로 느껴지기 때문이다. 60세가 넘은 아들에게 보이는 노모의 관심은 도저히 관심으로 받아들여지지 않는다. 하지만 반려견의 사랑은 부담스럽거나 불편하지 않다.

사람의 사랑은 시간이 지나면서 변하기도 한다. 사랑을 주다가도 시간이 흘러 자신에게 버거워지면 배신하는 것이다. 개는 절대 배신하지 않는다. 아무리 술 처먹고 늦게 들어가도 절대 삐끼지 않는다. 누구를 사랑하려면 개처럼 해야 한다.

셋째, 자기(개)의 감정에 솔직해서 숨은 의도를 읽어야 하는 스트레스가 없다.

개는 자기를 좋아하는지 싫어하는지 직감적으로 아는 것 같다. 자기를 좋아하면 분명 강아지도 좋아한다. 자기를 싫어하는 기색을 보이면 강아지도 싫어한다. 인간처럼 이중의 가면을 쓰지 않는다.

개의 숨은 의도를 찾아내기 위해 내가 머리를 싸맬 필요도 없다. 명확하고 간결하게 좋은지 싫은지를 표현한다. 아무리 복종하는 주인일지라도 자기의 싫은 감정은 즉각 표현한다. 싫은 사람은 짖거나 으르렁거리며 미리 경고까지 보낸다. 잠시 삐끼기도 하지만 잘 대해주는 것 이상으로 감동하며 감탄한다. 내가 주는 사랑을 악으로 대갚음하지는 않는다.

넷째, 개는 기다릴 줄 안다.

나는 '기다림'의 미학이 있다고 믿는 사람이다. 뭔가 원하거나 필요한 것은 있지만 먼저 요구하지 않는 것. 상대방에게 내 마음이 가닿을 때까지 건너편에서 기다려 주는 것. 당신이 필요하면 언제든지 달려갈 준비가 된 상태에서 지그시 응시하는 것. 나는 몽실이의 이런 모습을 좋아한다.

나는 은퇴를 해서 집에 있는 시간이 대부분이다. 바닥에 앉으면 강아지가 안기려고 해서 주로 의자에서 작업을 한다. 몽실이는 나를 향해 엎드려서 하염없이 기다릴 줄 안다. 내가 의자에서 일어나 방바닥에 앉으면 꼬리 치며 달려 나와 나에게 안겨서 격렬히 키스한다. 사랑하지 않을 수가 없다.

다섯째, 개가 가지고 있는 신비함이다.
나도 강아지를 처음 키우기 때문에 개를 잘 모른다. 키워가면서 조금씩 알아가고 있는 중이다. 개는 개만이 가지고 있는 자기의 세계가 있을 것이다. 개의 세계를 알아가는 것도 재미있다. 개를 모르는 만큼 개에 대한 신비함이 있다. 강아지가 가진 모든 패를 다 안다면 나는 덜 좋아할지 모른다. 처음의 열정적인 사랑도 서로가 모든 것을 알고 나면 열정은 식는다. 신비함이 사라지면 볼썽사나워지는 관계로 추락할 수도 있다. 내가 알지 못하는 개의 신비한 베일을 탐색하는 것이 나는 즐겁다.

말로 표현하지 않는 침묵, 무조건적인 완벽한 사랑, 솔직한 감정 표현, 기다릴 줄 아는 인내, 내가 알지 못하는 신비함.

이러한 것들이 내가 개를 좋아하는 이유이다.

앞서 말했지만 나는 개를 처음으로 키우고 있다. 나는 개가 가지고 있는 성품을 생각할 때마다 개의 위대함에 새삼 놀란다. 개는 결코 가볍지 않다. 주인의 마음에 들지 않는다는 이유로 저 멀리 유기할 생명체가 절대 아니다. 자세히 개를 들여다보면 존경심까지 들 정도이다. 백 마디 말을 늘어뜨리는 인간들보다 침묵의 그윽한 눈빛을 보내는 개의 눈동자에서 나는 신을 본다.

내가 독서를 하는 이유

책을 읽어야 하는 이유는 뭘까? 자녀의 인생에 간섭할 생각은 전혀 없지만 만일 자녀가 나에게 "*삶을 살면서 저희들에게 당부할 사항 한 가지가 있습니까?*"라고 묻는다면, 내 대답은 "*책을 읽어라!*"라고 말할 것이다. 왜냐하면 나도 60년을 살면서 제일 잘한 일 중에 하나가 책을 읽기로 결정한 일이었기 때문이다. 책을 읽으면 좋은 점이 뭘까? 나는 왜 독서를 하는가?

❘ 내가 독서를 하는 이유

살면서 겪는 모든 어려움의 해결책은 책 속에 모두 있다

삶은 모든 사람에게 만만하지 않다. 나도 살면서 많은 우여곡절이 있었다. 그럴 때 여러분이라면 어떻게 해결책을 모색하겠는가? 나는 삶이 던지는 많은 어려운 질문들을 마주할 때에는 책을 구해서 읽었다. 모든 질문에 대한 답은 책 속에서 구할 수 있었다. 정신적인 문제이든, 기술적인 문제이든, 전문성의 문제이든, 모든 문제에 대한 해결책은 책 속에 있었다.

단돈 2만 원으로 한 개인의 역사를 들여다볼 수 있다

모든 사람은 자기 고유한 삶의 역사를 간직하고 있지만, 오랫동안 사귄 사람이라도 그의 고유한 역사를 모두 알기는 어렵다. 책은 사람이 써놓은 개인의 생각이며, 경험이며, 지혜이며, 역사이다. 나는 단돈 2만 원을 투자하여 하루 또는 이틀 만에 저자의 역사를 공유할 수 있다. 한 개인이 살아온 역사에 대한 흥미진진한 이야기를 듣는 데 책보다 가성비 좋은 것을 나는 발견하지 못했다.

다양한 관점을 이해하고 공감 능력을 키운다

사회생활을 잘하기 위해서 필요한 능력 중 하나가 공감 능력이다. 공감 능력은 상대를 이해하는 능력이고 이것은 다양한 관점이 존재한다는 것을 인정해야 가능하다. 책을 읽어보면 다양한 관점이 있음을 알게 된다. 사회생활을 잘하고 싶다면 책을 읽어야 한다.

지혜와 영감을 얻을 수 있다

'내 생각을 이렇게 잘 표현한 문장을 발견하게 되다니!'

책을 읽어나가다 평소에 어렴풋했던 내 생각들이 명확해지는 순간을 자주 경험한다. 막연하게 존재했던 생각을 밝게 드러내는 책 속의 문장에서 지혜와 영감을 발견하는 것은 독서의 큰 기쁨이다.

자기 자신을 성찰하게 하여 자신을 더 잘 알게 해준다

테스 형이 "너 자신을 알라."는 유명한 말을 했듯이 보통 사람들은 '자기'를 잘 모른 채 살아간다. 자기는 어떤 성격이며, 장단점은 무엇이고, 어떤 삶을 원하고, 무엇을 하고 싶어 하는지를 잘 모른다. 자신을 잘 알지 못하면 자기 삶의 방향성을 스스로 결정할 수 없다. 책을 읽는다는 것은 결국 다른 사람을 통해서 자신을 돌아보게 만드는 것이고, 이러한 자기 성찰을 통해 자신을 더욱잘 알 수 있게끔 한다.

마음의 빈곤을 해결해 줄 수 있다

빈곤에는 정신적인 빈곤과 물질적인 빈곤이 있다. 물질적인 빈곤은 돈을 버는 행위로 충족시킬 수 있지만, 본래 사람의 욕심은 한정이 없기 때문에 만족하기 어렵다. 그래서《법구경》에서는 "하늘에서 황금비를 내린다 해도 욕심을 다 채울 수 없다."라고

했다. 돈이 없는 사람은 돈이 많은 사람을 부러워하고 돈이 많은
사람은 자신보다 돈이 더 많은 사람을 부러워하기 때문이다. 우
리가 욕심을 부리는 이유는 뭘까? 마음이 빈곤하기 때문이다. 이
것은 단순히 물질적인 문제라기보다는 마음이 가난해서 생긴다
고 보기 때문에 나는 독서가 마음의 빈곤을 해결해 줄 수 있다고
믿는다. 독서를 통해서 '물질적인 것보다 더 중요한 것이 있다.'는
통찰을 얻을 수 있다. 마음의 빈곤을 해결하면 욕심을 내는 마음
을 제어할 수 있다.

'독서를 통해서 마음의 빈곤을 해결하는 것',

내가 보기엔 이것이 제일 중요한 독서의 기능이라고 생각한다.
욕심을 제어하면 정신적인 자유가 가능하기 때문이다.

오래전에 직장에서 갑자기 어려운 일을 당하면서 '그래, 직장 생활
이 인생의 전부는 아니야!'라는 생각이 들면서 두 가지를 결심했다.
'책이나 읽자! 그리고 산에나 다니자!'였다. 돌이켜 보면 내 인생 최
고의 결정 중 하나였다. 이제 은퇴 후에는 책값이 너무 많이 들어서
도서관에서 책을 빌려서 읽고 있다. 집에 놀면서 독서는 시간 보내
기도 좋은 취미이고, 독서는 혼술 다음으로 나를 행복하게 한다.

책을 읽는 것도 의미 있지만,
이제 내 삶의 질문에 답해야 할 나이이다

대학 다닐 때도 간간이 독서는 하였지만, 군대 제대 이후에는 취업 공부 하느라 독서는 하지 못했다. 물론 취업을 하고 난 뒤에도 바쁜 직장 생활 틈에서 거의 독서를 하지 않다가 직장에서 예기치 않은 어려움을 겪으면서 직장 생활의 전환점을 마련한다. 그때 선택한 것이 '책 읽고 정리하기'였다. 지금으로부터 거의 20년 전의 일이다. 책을 읽다가 나의 감성과 연결되는 구절을 보거나 막연했던 나의 느낌을 제대로 표현한 문장을 접하면 독서를 끝낸 후에 수첩에 정리했다.

독서에 대한 강박증도 조금은 있어서 일주일에 한 권 이상, 1년에 100권 이상 등의 목표를 정해서 독서했다. 그러다 보니 책에서 영감을 받은 문장을 옮겨놓은 수첩의 양도 매우 많다. 하지만 은퇴하기 1~2년 전부터는 책을 읽는 시간보다는 생각하는 시간을 많이 가지려고 애쓴다. 그래서 그동안 개설만 해두고 사용 않던 블로그에 2022년부터 내 생각들을 정리하여 포스팅하고 있다. 내가 책을 읽는 시간보다 내 마음의 속삭임에 귀를 기울이고 생각하는 시간을 많이 가지려고 애쓰는 이유가 있다.

│ 책을 읽는 것도 의미 있지만, 이제 내 삶의 질문에 답해야 할 나이이다

누구나 마찬가지겠지만 직장 생활 또는 사회생활이 만만하지 않다. 자신의 모든 에너지와 열정을 바쳐야 하는 곳이다. 나는 직장 생활을 하면서 독서도 하고 좋아하는 등산도 많이 했지만, 그렇다고 조직 생활을 대충대충 하며 넘기진 않았다. 직장은 자신의 영혼을 바쳐야 월급이 나오는 곳이기 때문이다.

그러면서 50세가 넘어가면서 극심한 사추기가 찾아왔고, 생각에 생각이 꼬리를 물어서 잠을 자지 못했다. 술이 아니면 도저히 잠을 못 잤으니 지금까지 365일 술을 마시는 것과 관련 깊다. 여러 가지 생각들로 잠을 이루지 못할 때, 스스로에게 던져지는 질문들이 많았다. 당시에 적어두었던 질문 중 몇 가지를 추려보면

(당시 수첩에 '화두 제목 50선'으로 만들어 둔 것이다),

'당신은 어떤 사람이냐고 물으면 나는 무슨 답을 해야 하나.'
'내가 태어난 이유가 따로 있을까.'
'살아오면서 제일 후회되는 장면이 있는가.'
'다시 태어나길 원하는가. 원한다면 무엇을 하고 싶은가.'
'내 인생에서 평생 가슴에 품고 살아갈 만한 키워드는 무엇인가.'
'어떻게 사는 것이 진정한 인간의 모습인가.'
'죽는다는 것은 나에게 어떤 의미인가.'
'어떻게 죽음을 맞이해야만 품위 있는 죽음인가.'
'애써 도전하는 삶이 좋은가, 하루하루 주어진 삶을 살아가도 좋은 삶인가.'
'자녀는 어떻게 키워야 옳은 방법인가.'
'자녀에게 딱 한 가지 조언을 한다면 무슨 말을 하겠는가.'
'부부가 서로 잘 지내기 위해서는 어떻게 해야 하나.'
'가까운 누군가가 도움을 요청할 때 어느 선까지가 적당한가.'
'남성이 주도하는 시대와 여성이 주도하는 시대, 어느 쪽이 더 바람직한가.'
'바람직한 리더는 어떤 리더인가.'
'진정한 성공이란 어떤 모습인가.'
'돈은 얼마만큼 있어야 적당한가.'
'살아가면서 용서하지 못할 일이 있는가.'
'나이 들어가면서 좋아지는 것들이 있는가.'

'살아보니 이것만은 꼭 알려주고 싶은 진실이 있는가.'
'진정한 사랑은 어떤 모습인가.'
'행복은 어디에서 오는가.'
'인생에서 아름다움이란 무엇인가.'
'기품 있는 모습을 위해서는 무엇을 갖추어야 하는가.'
'살면서 겪는 고난과 시련을 어떻게 받아들여야 하는가.'
'인생 후반전은 어떻게 살고 싶은가.' 등등.

벌써 10여 년 전에 했던 질문이다 보니 일부분은 미흡하게나마 정리가 된 부분도 있고 아직 질문에 답을 하지 못한 것도 많이 있다. 지금 나는 60세를 넘어가고 있다. 물론 많은 나이는 아니지만 그렇다고 적은 나이도 아니다. 사추기의 잠 못 드는 밤에 삶이 던지는 여러 질문들에 대해서 이젠 스스로 답을 해야 할 나이가 되었다고 생각한다.

독서를 통해서 책 속 선각자들의 사유를 따라가는 것도 의미 있지만, 나 자신이 스스로 답을 찾아야 할 나이가 된 것이다. 그래서 요즘은 책을 읽고 정리하는 시간보다는 기존에 가지고 있었던 나의 생각을 정리하고 내면에서 일어나는 생각들을 포착하는 데 주력하고 있다. 삶이 던지는 질문들에 스스로 답하기 위해서.

당시의 질문들에 대한 나의 답을 찾으려는 노력이 지금 쓰고 있는 한 권의 책이다. 원래는 80세쯤에 이러한 질문에 대한 답을 내어놓고 싶었다. 하지만 그동안의 생각들을 정리해 놓은 자료들을 들춰보니 80세가 되었다 하더라도 더 나은 지혜의 글들이 나올 것 같지 않아서 지금까지 정리된 내용을 바탕으로 글을 쓰고 있다. 80세쯤에 아쉬운 생각이 들면 그때 가서 개정판을 내면 되니까.

나는 어떨 때 사람에게서
아름다움을 보는가

나이가 들면서 꽃이 점점 더 좋아졌다. 젊었을 때는 그냥 지나치는 경우가 많았지만 지금은 세세히 살펴보는 시간이 늘었다. 예전에 바쁘게 살 때는 잘 몰랐는데 요즘은 아름다운 광경에 넋을 놓고 지켜보는 경우가 잦아진다. 젊었을 때는 일출이 좋았는데 나이가 들어가니 저녁노을이 그렇게 아름다울 수가 없다.

자연 속에서도 많은 아름다움을 보지만 사회 속 인간들에게서 느끼는 아름다움도 매우 크다는 것을 세계여행을 통해서 느꼈다. 여행하면서 '사람이 꽃보다 아름답다.'라는 말이 하나의 문장이 아니라 나의 가슴에 팍 꽂혔다. 아름다운 꽃이나 저녁노을도 사람의 아름다움에 비길 수 있을까? 그만큼 나는 사람에게서 아름다움을 느낄 때 더 진한 감동을 받았다. 꽃이나 저녁노을의 아름다움에 눈물 흘리는 경우는 적어도 사람의 아름다움에 나의 눈시울은 금방 붉어진다. 사람의 아름다움은 어디서 나오는 걸까?

┃ 나는 어떨 때 사람에게서 아름다움을 보는가

무언가에 몰두하는 사람

'정신일도 하사불성'이라는 말도 있지만, '정신일도' 하는 사람의 모습은 그 자체로 아름답다. 책을 읽든, 돌탑을 쌓든, 청소를 하든, 지금 하는 일에 모든 의식을 집중하는 사람의 모습은 정말 아름답다.

이마에서 흘러내리는 땀을 닦는 모습

이마에 송골송골 맺힌 땀이 더 이상 중력을 이기지 못하고 뺨을 타고 흘러내리는 모습에서 나는 아름다움을 본다. 이것은 애를 쓰며 최선을 다하고 있다는 증표이다.

울퉁불퉁한 거친 손

어떤 어르신과 우연히 악수할 기회가 있었다. 손바닥에 굳은살이 박여 있어 울퉁불퉁한 감촉이 나의 손에 그대로 전해왔다. 내 손의 부드러움이 부끄러울 정도였다. 삶의 험난한 파도를 헤쳐왔을 거친 손에서 아름다움이 전해져 온다.

휘둘림 없이 자기의 길을 가는 사람

옆에서 무슨 소리를 하든 개의치 않고 무소의 뿔처럼 가고자 하는 길을 뚜벅뚜벅 내딛는 사람은 범접하기 어려운 아우라가 느껴진다. 곁눈질 없이 자신의 소신을 행동으로 보여주는 아름다움이다.

두렵지만 도전하는 용기를 내는 사람

두려움 속에서 용기 있는 한 발짝을 내딛는 사람이 있다. 두 번 사는 것이 아님에도 두려움을 이겨내고 도전하는 용기를 내는 사람들을 보고 있노라면 조마조마하면서도 감동을 전하는 아름다움을 본다.

보상 없는 친절을 베푸는 사람

세계를 여행하면서 '세상은 친절한 사람들로 가득 차 있다.'는 것을 알았다. 내가 먼저 마음을 열고 다가가기만 한다면 세상에는 아름다운 사람들로 넘쳐난다.

침묵의 미소로 삶의 고통을 견뎌내는 사람

아프리카에서의 삶은 내가 보기엔 거칠어 보였다. 그러나 그들은 묵묵히 견뎌낸다. 힘들지만 미소를 지어 보이기도 한다. 순수하면서도 날것의 야성이 느껴지는 아름다움이다.

파도에 흔들리면서도 조금씩 전진하는 사람들

아침의 여명 속에 조그만 배에 몸을 싣고는 홀로 파도에 흔들리며 조금씩 나아가는 어부를 보면서 느꼈다. 세상의 파도에 이리저리 흔들리며 조금씩 앞으로 나아가기 위해 몸부림치는 사람들. 가슴을 먹먹하게 하는 아름다움이다.

박수 칠 때 쿨하게 떠나는 이의 뒷모습

자기의 모든 것을 쏟아부은 후, 이제는 편안함의 보상을 받아도 될 법한 상황인데도 내가 할 일은 다 했다는 듯 쿨하게 떠나는 뒷모습에서 아쉬움이 묻어 있는 아름다움을 본다.

생면부지의 타인을 위해 자기의 목숨을 거는 사람

지하철에 떨어진 취객을 구하고 목숨을 잃는 사람, 강물에 휩쓸려 가는 아이를 구하려고 뛰어든 사람, 위험에 빠진 타인을 위해 자기 목숨을 거는 사람들. 내가 범접할 수 없는 고귀한 아름다움을 가진 분들이다.

세상은 TV 뉴스에서 전하는 것처럼 각박하지 않다. 지금 당장 바깥으로 나가보면 실감할 수 있다. 세상에는 착하고 친절을 베푸는 사람들로 가득하다. 다만 한 가지만 명심하면 된다. 내가 먼저 마음을 열고 다가가기만 한다면, 아름다운 사람들이 나의 손을 잡을 것이라는 사실을. 지금 우리 모두는 아름다운 세상에 살고 있다.

내가 자연과 산을 중심으로 트레킹하는 이유

　나는 성격상 혼자 있기를 좋아하고 사람들이 모여 있는 복잡한 곳에 잘 가지도 않는다. 북적거리는 도시보다는 시골에 있을 때 마음이 평화롭고 복잡한 거리보다는 한적한 산길을 걸을 때 안정된다. 9개월간의 세계여행도 자연과 산을 중심으로 한 여행이 대부분을 차지했다. 현재는 배낭 하나 짊어지고 국내 도보 일주를 진행하고 있다. 내가 자연과 산을 중심으로 트레킹하는 이유가 뭘까? 내가 자연과 산을 좋아하는 특별한 이유라도 있는 걸까?

| 내가 자연과 산을 중심으로 트레킹하는 이유

자연은 살아 숨 쉬고 있다는 느낌을 강하게 받는다

인간이 만든 조형물은 '박제되어 죽어 있는 것' 같은 느낌이 든다(관점에 따라 의견이 다른 분도 많겠지만). 하지만 자연은 다르다. 그날그날의 날씨에 따라, 내가 방문한 계절에 따라, 매일 변하는 변덕스러운 나의 마음에 따라 자연은 수시로 모습을 바꾼다. 자연은 '살아 숨 쉬고 있다.'는 느낌을 강하게 받는다.

인류에 대한 묘한 연대감을 느낄 수 있다

인간이 만든 조형물에서는 슬픔, 아픔, 권력, 돈이 보인다. 거대한 조형물을 대하면 아름다움보다는 슬픔이 먼저 보인다. 절대권력자나 돈에 의해 동원된 민초들의 아픔이 느껴지기 때문이다. 하지만 자연에서는 인류에 대한 연대감을 느낄 수 있다. 내가 처음으로 보고 있는 자연을 몇천 년 전의 누군가도 보았을 것이라는 묘한 연대감 말이다. 자연 앞에서 내가 느끼는 지금의 감정을 몇천 년 전의 누군가도 똑같이 느꼈을지도 모른다는 연대감.

자연 속에서 나의 오감은 열린다

나는 주로 홀로 산행하는 것을 좋아한다. 깊은 산속을 홀로 걸으면 나의 오감이 열린다. 조용한 숲속 길을 홀로 걸으면 청설모도 놀라고, 나도 놀란다. 바람이 지나가는 소리, 나뭇잎 떠는 소리, 작은 새 울음소리, 새 날개 퍼덕이는 소리, 알 수 없는 정체의 낙엽 밟고 지나가는 소리에 나의 예민함이 살아 있음을 느낀다. 여러 지인들과 함께 숲에 앉아서 쉴 때와 홀로 숲에 앉아서 쉴 때의 차이도 크다. 바위에 홀로 앉아 쉬고 있으면 기어다니는 아주 미세한 곤충들이 눈에 보이기 시작한다. 예민한 감각으로 세밀한 관찰을 하게 되는 것이다. 예민함으로 오감이 열리기 시작하고 열린 오감들은 상호작용 하여 상상력을 높여준다.

자연에서 안정되고 편안함을 느낀다

앞서 말했던 나는 조용한 성격이라 시끌벅적한 분위기에는 잘 어울리지 못하고 겉돈다. 그래서 몰려다니는 것보다는 고독을 선택한다. 하지만 어쩌다 높은 텐션을 가진 사람을 보면 부러울 때도 있다. 하지만 어쩌겠는가? 난 그런 성격인 것을.

내가 산과 자연을 위주로 트레킹을 하는 것도 나의 성격과 관련 깊다.

도시에 있으면 도시가 주는 자극 때문인지 아무런 일도 안 하고 있으면 왠지 불안해서 뭐라도 하지 않으면 안 될 것 같아서 자꾸 움직이게 된다. 내 돈 써가며 아침에 수영장 가고, 저녁에 헬스장 가고, 주말에 차량 몰고 관광지를 찾아다니고, 가족 또는 지인들과 식당을 찾아 저녁을 먹는다. 도시에서 가만히 홀로 있으면 뭐라도 하고 있는 사람들보다 뒤처지는 것 같은 느낌이 들어서 그럴 것이다. 하지만 자연은 수시로 자신의 모습을 바꾸지만 나를 자극하진 않는다. 가만히 앉아서 수시로 모습을 바꾸는 자연을 감상하는 것으로 충분하다. 그래서 나는 서울보다는 덜 복잡한 부산이 더 편하고, 현재의 부산보다는 시골 지역을 더 편하게 느끼는지도 모른다.

술맛이 다르다

트레킹이나 등산을 가면 술은 내가 챙기는 1순위다. 나는 술에 진심인 사람이다. 자연 속에서 마시는 술맛은 도시에서 마시는 술맛과는 비교 불가이다. 자연 속에서 마셔도 좋고 트레킹으로 땀을 흘리고 난 후에 마셔도 좋다. 맑은 공기, 선선한 바람, 어디선가 들려오는 물소리와 새소리, 파노라마처럼 변화하는 장엄한 풍경을 보거나 저 멀리 아래에 성냥갑만 한 크기의 아파트를 굽어보면서 들이키는 한 잔의 술을 어찌 도시의 골방에서 마시는 것과 비교할 수 있겠는가? 신선놀음이 따로 없다.

현재까지는 트레킹을 하는 데 크게 힘들지는 않지만, 앞으로 5년 또는 길어야 10년 정도까지 걸을 수 있을 것이다. 지금 진행 중인 국내 도보 일주 등은 걸을 수 있을 때에 걸어야 할 것이다. 그러다가 트레킹하기 불편한 나이가 되면, 아마도 스스로 나를 가두는 은둔을 택할지도 모를 일이다. 자연 속에서 살다가 언젠가는 자연으로 돌아갈 것이기에.

내가 여행하는 방식

　나는 걷는 것을 좋아하는 성향이어서 여행할 때는 많이 걷는 편이다. 내가 통상적으로 어딘가를 여행할 땐 나만의 여행 스타일이 있다.

┃ 내가 여행하는 방식

계획한 일은 태풍이 불어도 간다

　계획되었던 산행이나 여행을 막 떠나려고 할 때, 날씨가 좋지 않다거나, 컨디션이 나빠서 고민될 때가 있다. *'가야 하나?, 가지*

말아야 하나?' 하는 고민. 그런 경우에는 일단 떠나고 본다. 내 경험에 의하면 주말에 어딜 가기로 일정을 짜놓았는데, 아침부터 비가 부슬부슬 내리거나, 전날에 술을 많이 마셔서 일어나기 싫어서 계획했던 일을 취소하는 경우에는 그날 하루는 아무것도 못 하고 빈둥거리며 무의미한 하루가 되는 경우가 많았다. 그래서 계획된 일은 '태풍이 불어도 일단 떠나고 본다.'는 생각으로 임한다.

여행지의 단편 정보, 지식은 크게 중요시하지 않는다

나는 느낌을 중요시한다. 혹자는 '아는 만큼 보인다.'라는 명제하에 여행지에 대한 사전 지식이나 정보를 꼼꼼히 챙기지만 나의 여행 스타일은 전혀 그렇지 않다. 나는 여행지에서 유명 성당, 조각품 또는 동상을 볼 때, 어느 시대의 무슨 양식이고, 누구의 작품이며, 어떤 유명 인물의 동상인지가 별로 궁금하지 않다. 그냥 내 시각과 내 느낌으로 감상하고 끝낸다. 정보나 지식을 미리 검색해서 확인하지 않으려고 한다. 왜냐하면 어떤 여행지를 방문할 때, 미리 검색한 정보를 머릿속에 두고 있으면 그 정보에 구속되어 다른 느낌을 일으키지 못하기 때문이다. 선입견을 배제한 채 나 스스로 자각하면서 느끼는 것, 마음에 일어나는 느낌을 따라서 나를 확장시키는 것, 이런 것들이 내게는 더 중요하다.

넓게 보는 것보다는 깊고 오래 본다

나는 일정을 빠듯하게 짜지 않는다. 목적지를 이동할 때도 가급적 도보로 이동한다. 천천히 이동하면서 현지의 공기와 분위기를 느끼고 어떤 지역은 하루이틀을 충분히 머물면서 감상한다. 마음에 드는 경치를 발견하면, 혼술하며 몇 시간이고 앉아서 감상하는 스타일이다. 왜냐하면, 무엇을 본다, 무엇을 보았다고 말하기보다는 나는 이런 것을 느꼈다고 말하기를 좋아하는 스타일이기 때문이다. 나태주 시인의 "자세히 보아야 예쁘다. 오래 보아야 사랑스럽다."란 시의 구절도 있지 않은가.

가능한 홀로 다닌다

나는 예전에 산악회에서 단체로 백두대간을 탈 때도 회원들과 떨어져서 홀로 다니는 게 편했다. 그래서 산행할 때는 대부분은 후미 대장을 맡았다. 후미에서 회원들과 거리를 두고 홀로 걸어갔다. 내 성격 탓이겠지만 남들과 웃고 떠들며 대화하는 것보다는 홀로 생각하거나 멍때리며 걷는 것이 더 좋았기 때문이다. 그래서 단체 여행 또는 일행이 있는 여행보다는 내 스타일대로 다닐 수 있는 홀로 여행을 더 좋아하는 편이다. 또한, 자기가 짠 일정에 따라서 움직이는 시간은 자신이 주인인 시간처럼 느껴지는데, 리더나 가이드를 따라 움직인 시간은 노예로 끌려다니는 것 같은 느낌이 강하게 든다. 이것이 내가 혼자 여행하는 것을 선호하는 이유이다.

파비안의 《저니맨》에는 이런 구절이 있다. "인간은 두 번 태어난다. 한 번은 어머니 자궁에서, 또 한 번은 여행의 길 위에서." 여행은 익숙한 자기를 벗어던지고 새롭게 세상을 들여다보는 행위이다. 아이러니하게도 새로운 바깥세상을 들여다보기 위해 떠났지만 오히려 자신을 더 자세히 들여다보게 되는 것이 여행이기도 하다. 홀로 떠나든 좋은 사람들과 함께 떠나든, 사전에 꼼꼼히 조사하고 계획하든 무계획으로 당일의 감성에 집중하든, 여행은 새로운 나 자신을 발견하는 행위이다.

내가 홀로
세계여행을 한 목적

　내 나이 50세쯤, 극심한 사추기로 잠 못 이루는 밤에 내가 죽기 전에 해야 할 100가지 버킷리스트를 작성한 적이 있다. 이때 작성한 100가지 버킷리스트 중에 핵심적인 2개의 리스트가 있었는데, 그것은 세계여행을 하는 것과 인생 책 한 권을 쓰는 것이었다. 따라서 세계여행은 내가 오래전부터 꾸어왔던 나의 꿈이었다. 하지만 직장 생활을 하는 중이었기에 세계여행은 자연적으로 은퇴 이후의 꿈으로 미루어졌다.

| 내가 홀로 세계여행을 한 목적

이전과는 완전히 다른 삶을 살겠다는 나의 의지

유명 정치인이 중요한 결정을 해야 할 순간에 멀리 떠나서 장고의 시간을 갖는 경우가 종종 있다. 정치적 결단을 통해 터닝 포인트를 만들어 반전을 꾀하고자 하는 것이다. 대나무도 밋밋하게 쭉 자라지 않는다. 어느 정도 자라면 마디를 만들고 그 마디를 발판으로 한 단계 더 올라간다.

나에게 60세라는 나이가 갖는 의미는 매우 컸다. 인생을 1막, 2막으로 나누는 중요한 전환점이었다. 이 전환점의 시기를 밋밋하게 넘기고 싶지 않았다. 직장 은퇴로 책임감이나 의무가 일정 부분 종료된 이후에 2막을 어떻게 전개할지를 장고하는 내 나름의 시간이 필요했다. 따라서 세계여행이 현재까지의 삶을 정리하고 재충전해서 다음 단계로 넘어가기 위한 마디 역할을 해주길 바랐고, 세계여행을 통해 현재까지의 삶의 흐름과는 완전히 결별하고, 진정으로 나에게 맞는 삶의 흐름으로 바꾸는 변곡점으로 작용하기를 기대하며 떠났다.

자신과의 대화를 통해 '나를 아는 것'이 중요했다

나의 해외여행 제1순위 목적은 '나를 탐색하는 것'이었다. 내가 어떤 놈인지를 먼저 알아야 했고, 내가 진정 무엇을 원하고 무엇을 잘하는지를 알아야 했다. 그래서 역사적인 문명지나 관광지를 보는 것은 생략되었다. 빡빡한 일정을 짜지도 않았다. 자연을 트레킹하면서 홀로 걸으면서 나와 대화하기를 원했다.

나에게 주어진 '소명'이 있는지를 알고 싶었다

세계여행 기간 동안 나를 좀 더 자세히 앎으로써 인생 2막에 내가 추구해야 할 '소명'을 발견하고 싶었다. 만일 내가 해야 할 소명이 있다면, 내 인생 황금기 20년을(60~80세) 바칠 예정이었다. 물론 세계여행 기간 동안 구체적인 나의 소명은 발견하진 못했다. 하지만 이것만은 확실하다. '나의 자유'를 중심으로 내 삶은 재편될 것이다. 누구의 간섭 없이 주도적으로 내 삶을 영위할 자유, 나의 소명과 관련 없는 직업을 갖지 않을 자유, 내 마음이 가는 대로 언제든지 움직일 수 있는 자유, 이러한 '자유'를 기반으로 앞으로도 계속 '나의 소명'이 있는지를 탐색해 나갈 것이다.

이것들이 내가 홀로 해외여행을 한 이유이자 목적이었다.

은퇴 이후에는 이제까지와는 다른 삶을 살고 싶었다. 물질과 자본, 경쟁과 비교로부터 자유로워지고 싶었다. 내가 세상의 중심이고 세상은 오직 나를 위해 존재시키고 싶었다. 그래서 '나다움'을 방해하는 모든 간섭으로부터 투쟁할 것임을 마음속으로 맹세했다. 마지막 남은 20년은 제대로 한번, '나답게' 살아보고 싶기 때문에.

세계여행을 하면서
나에 대해 알게 된 것들

　세계여행은 나의 오래된 꿈이었지만, 나 자신에게도 엄청 쇼킹한 인생의 사건임에는 틀림없다. 또한 나 자신과의 약속을 실천한 스스로에게도 대견해하고 있다. 지금 돌이켜 보면, '내가 무슨 배짱으로 그렇게 한 거지?'라며 웃음이 나오기도 한다. 트레킹 위주의 세계여행을 했던 목적은 앞서 밝혔듯이 나 자신과의 대화를 통해 나를 탐색할 것과 은퇴 후 20년간 내가 하고 싶은 소명이 있는지 찾는 것이었지만, 아직 나 자신에 대해서 잘 모르고 있고 나의 소명도 찾지 못했다. 하지만 나 자신에 대해 그전에는 잘 몰랐던 부분이 세계여행을 계기로 조금씩 드러난 부분이 있다. 이것은 나 자신을 새로이 발견한 것이라고도 할 수 있고, 세계여행을 함으로써 얻은 교훈일 수도 있다.

| 세계여행을 하면서 나에 대해 알게 된 것들

나는 그동안 나의 마음을 닫고 있었다. 내가 먼저 마음을 열면 모든 것들이 딸려 온다는 사실을 깨달았다

혼자 여행하다 보면 불편한 게 한두 가지가 아니다. 모든 것을 스스로 해결해야 하는 도전의 연속이다. 내숭 떨고 앉아 있으면 죽도 밥도 안 되기에 나 스스로 다가갈 수밖에 없었다. 하루하루 발생하는 어려움을 어떻게든 해결해야만 했고, 그러기 위해서는 내가 먼저 다가가서 도움을 요청해야 했다. 먼저 다가가서 두드렸는데 열리지 않은 경우는 없었다.

뉴스에서 연일 보도되는 내용과는 달리 세상은 친절함으로 넘쳤고, 생판 모르는 사람들이 마치 준비하고 있었다는 듯 나를 도와주었다. 내가 먼저 마음을 열기만 한다면 세상에 나쁜 사람은 없었고, 웃는 얼굴에 침 뱉는 사람도 없었다. 마음을 열고 먼저 다가가기만 한다면, 세상은 나에게 미소 지을 것임을 확신한다. 하지만 마음을 닫은 채 먼저 다가가지 않는다면 어떠한 좋은 기운도 느끼지 못할 것이다.

"마음을 열고 먼저 들이대라. 그럼 당신에게 기대 이상의 무언가가 딸려 올 것이다."

내가 세계여행을 통해서 얻은 첫 번째 교훈이다.

나 자신도 잘 몰랐던 나의 잠재력에 스스로 놀랐다

해외여행 경험도 없고, 만국 통용어인 영어도 못하면 사실 어려움이 많을 수밖에 없다. 하지만 나의 세계여행 꿈을 포기할 수 없기에 무데뽀 정신으로 출발했다. 나는 원래 성격이 소심해서 철저히 준비하고 계획한 상태에서 움직이는 스타일이다. 하지만 익숙하지 않은 해외여행은 돌발 변수들이 가득해서 사전에 준비하는 데는 한계가 있다. 그날그날 상황에 대응해야 하고 그러다 보니 불안하고 두려울 수밖에 없다.

하지만 나의 두려움을 용기로 바꾸기 위해 '그까짓 것. 별거 있겠냐? 한번 해보지 뭐! 죽기밖에 더 하겠나?'라고 생각하고 떠났다. 하지만 아무리 '그까짓 것' 정신으로 무장해도 해외에서 과연 통할 수 있을까를 의심했다. 하지만 여행을 한 지 한 달, 두 달이 지나고 여러 개월 후에 홀로 뒤돌아보면, 나도 나 자신에게 깜짝깜짝 놀랄 정도였다. 꾸역꾸역 진행해 갔던 나 자신도 대단하지만, 나의 놀라운 적응력에 '이게 평소의 내가 맞나?'라고 여길 정도였다.

어떨 때 저녁에 술 한잔하고 새벽에 눈을 뜨는데, 마치 우리 집에서 눈을 뜬 듯한 착각을 할 때도 많다. '세상에~ 나의 이 놀라운 적응력!'이라며 스스로에게 감탄했다. 모든 것은 시작이 어렵고 힘들지 막상 해보면 그럭저럭해 볼 만하다. 그럭저럭하다 보니 자신감도 붙게 되면서 어느덧 자신을 믿고 행동하는 나를 발견한다. 처음에는 나 자신에 대해 반신반의하면서 해외여행을 시작했지만, 돌아온 지금 그때의 나 자신에게 스스로 감탄하고 있다.

"내 속에는 나도 미처 알지 못하는 위대함이 숨겨져 있는지도 모른다."

내가 세계여행을 통해서 얻은 두 번째 교훈이다.

자유에 허기져 있는 나를 발견하다

내가 홀로 세계여행을 하는 것에 대해서 걱정하는 분도 많았고 부러워하는 분도 있었다. 나도 출발하기 전에 설렘도 있었지만 두려움도 있었다. 하지만 막상 비행기를 타고 출발한 이후에는, 여행하는 도중에 두려움이나 불안은 거의 느끼지 못했다. 해외여행 경험도 없고, 영어도 못하는 내가 '왜 불안이나 두려움을 전혀 느끼지 않았을까?'를 자문해 보았다.

세계여행 하면서 알게 된 것 중의 하나가 나는 홀로 있는 걸 너무 좋아한다는 것이었다. 해외에서는 거의 혼자 있는 시간이 대부분이었다. 홀로 있는 게 그렇게 마음이 편할 수가 없었다. 나에게는 걸림 없는 완벽한 자유로움으로 다가왔다. 옛날에도 막연히 홀로 있는 걸 좋아한다는 것은 알고 있었지만, 직장 생활을 하다 보니 이 정도까지 좋아할 줄은 미처 몰랐었다. 홀로 즐긴다는 것은 자신과 잘 논다는 의미이고, 자신과 잘 놀다 보니 자신과 대화할 시간이 많아졌고, 자신과 대화하다 보니 '나만의 자유'에 허기져 있음을 알게 되었다.

"나의 인생 후반전이 '자유'가 기반되지 않는 삶이 된다면, 내 인생 후반전의 의미는 상실될 것이다."

내가 세계여행을 통해서 얻은 세 번째 교훈이다.

나를 좀 더 알아보겠다고, 나의 사명을 찾아보겠다고 홀로 세계여행을 떠났다. 나를 좀 더 잘 알고 싶었고, 내가 어떤 놈이며 내가 무엇을 좋아하고 내가 무엇을 하고 싶은지 알아보겠다고 떠난 것이다. 해외여행을 마친 지금 나의 소명이 있기나 한 건지 분명치 않다. 아니, 어쩌면 이런 것은 애초에 없는지도 모르겠다. 내가 생각하는 거창한 사명은 처음부터 없었으며 아주 사소한 일들을 꾸준히 하다 보니, 먼 훗날 이것이 나의 소명이었을지도 모른다고 말할지도 모르겠다.

소설 《연금술사》의 주인공 산티아고는 보물을 찾아 힘든 여정을 떠돌며 다닌 이후에야 마침내 자기 마음속에 있는 보물을 발견했다. 산티아고가 용기 내어 힘든 여정을 떠나지 않았다면, 산티아고는 마음속의 보물을 깨닫지 못했을 것이다. 마찬가지로 내가 했던 해외여행 또는 현재 진행하고 있는 국내 도보 일주를 통해서 내가 찾고자 하는 것을 발견하지 못할 수도 있다는 것을 어렴풋이 안다. 하지만 이것 또한 내가 떠나지 않으면 몰랐을 것이라는 것도 나는 안다. 그리고 당장에 보이거나 만져지지는 않지만 나의 소명이 내 마음속에 이미 존재하고 있는지도 모를 일이다.

산티아고처럼.

세계여행이
나에게 일으킨 변화

내 인생은 세계여행을 다녀오기 전과 후로 나뉜다고 말할 정도로 세계여행은 내 인생의 터닝 포인트가 되었다고 해도 과언이 아니다. 35리터 배낭 하나 메고 갔었던 9개월간의 세계여행이 나의 의식이나 행동에 몇 가지 변화를 일으켰다.

| 세계여행이 나에게 일으킨 변화

낯선 사람에게 먼저 말을 거는 것이 수월해졌다

나는 평소에 낯선 사람에게 쉽게 다가서지 못했다. 어느 정도

낯이 익어야 말을 거는 스타일이다. 상대를 어느 정도 파악하기까지는 경계심이 작동하는 것이다. 하지만 해외에서는 도움을 받기 위해 낯선 사람에게 다가가야 하고, 실제로 낯선 사람들로부터 많은 도움을 받았다. 나의 필요에 의해서 낯선 사람들에게 먼저 말을 붙이고 낯선 사람들이 쉽게 나에게 말을 걸어오다 보니 낯선 사람들에 대한 경계심이 많이 줄었다. 물론 나의 기본적인 성격은 잘 변하진 않겠지만 처음 보는 사람에게 먼저 다가가서 말을 거는 것이 세계여행을 다녀온 뒤로는 훨씬 덜 부담스럽다.

배려하는 행동을 더 많이 하려고 노력한다

외국 사람들은 '감사합니다.', '미안합니다.'라는 단어를 입에 달고 살았다. 또한 복도 또는 등산 길에서 서로가 마주치면 상대가 먼저 지나가도록 비켜서 기다려 주었다. 내가 보기에는 조금씩 어깨를 틀면 서로 지나가도 될 것 같아서 내가 그냥 지나가면 어김없이 상대편은 비켜서서 내가 먼저 지나가길 기다려 준다.

세계여행 중에 나도 그러한 경우가 생기면 상대를 먼저 살피는 게 자연스러운 행동이 되어버렸다. 복도 또는 등산 길에서 상대와 마주치면 예전 같으면 어깨를 비틀어 가며 그냥 지나쳤겠지만, 요즈음은 상대편이 먼저 지나가게 일단 기다려 준다. 그리고 '감사합니다.', '미안합니다.'라는 말도 요즈음 훨씬 더 자주 사용한다.

어려움도 긍정적으로 바라보는 힘이 커졌다

해외여행 경험이 없고 영어도 못하면 여행 중에 어려움을 많이 겪을 수밖에 없는데, 잘 몰라서 겪는 어려움은 몸으로 때울 수밖에 없다. 버스를 한 번 더 타야 될 때도 있고 길에서 노숙할 때도 있다. 몸이 덜 고생하려면 용기를 내어 낯선 이에게 떠듬떠듬 물어봐 가며 도움을 받아야 한다. 발생하는 어려움에 대해서 몸으로 때워도 좋고 용기를 갖고 물어봐도 좋다. 모든 것이 여행의 일부가 아닌가. 여행 중에 발생하는 어려움도 받아들이는 긍정의 힘이 나도 알지 못하는 사이에 많이 커졌다.

일을 미루지 않으며, 절약하는 습관이 늘어간다

배낭여행자는 꼭 필요한 것만 가지고 다닌다. 언젠가 쓰일지도 모른다고 배낭에 넣는다면 배낭 무게에 자신이 견딜 수가 없을 것이다. 또한 그날 해야 할 빨래는 그날 해야 한다. 길을 걸으면서 배낭에 걸쳐서 말리는 한이 있더라도.

먹을 것은 당일 먹을 음식만을 준비한다. 2~3일 뒤에 먹을 음식은 과감히 포기해야 한다. 숙소에서 제공하는 조식은 든든히 먹는다. 사과나 삶은 계란이 조식으로 나오면 한두 개 적당히 눈치 보며 챙긴다. 또한 먹다가 남는 음식은 테이크아웃 했다.

식당에서 술은 최소한으로 시켰다. 슈퍼에서 구입해서 숙소에서 주로 마셨다. 돈을 아껴야 하는 배낭여행자의 숙명이다. 일을 미루지 않고 절약하는 습관은 은퇴 후의 백수 생활에 꼭 필요한 덕목이 되었다.

'세상의 중심은 나 자신이다.'라는 생각이 강해졌다

해외에서 내가 아는 사람이라고 아무도 없다. 모두가 처음으로 만나는 타인일 뿐이다. 그러니 타인의 눈치를 볼 필요가 없고 타인을 크게 의식하지 않게 된다. 자유로운 행동이 가능했고 타인의 간섭을 받을 필요도 없었다. 그러니 해외에서는 자연스럽게 내가 세상의 중심이 되는 생활을 했다.

나는 지금 은퇴자의 신분이다. 나는 이제부터 어떤 조직이나 사회의 부속품이 아니라 이 세상이 나를 중심으로 돌아가게끔 세팅할 생각이다. 나는 이 세상에서 유일무이하며 자유로운 주인공으로서의 삶을 포기하지 않을 것이다.

럭셔리한 의 · 식 · 주는 사치스럽다

해외에서는 타인을 의식할 일이 없으니 옷차림은 내가 편하면 그만이고 수수해진다. 현지 음식을 잘 모르고 내 입맛에 맞는 음식도 드물어서, 자연스럽게 배고픔만을 면하면 족하고 과식할 이유도 없다. 잠도 내 집이 아닌 바에야 불편하긴 매한가지이다. 그러니 싱글베드 크기의 공간만 있으면 충분했다.

은퇴한 지금, 소득을 목적으로 더 이상 일을 하지 않을 것이므로 모든 생활은 국민연금 수준으로 낮출 것이다. 비싼 옷으로 멋진 모습을 연출하고 식당에서 랍스터와 와인으로 분위기를 내고 호텔의 침대에서 잠을 청하는 것은 내게는 사치이다. 비싼 옷, 맛난 음식, 큰 차, 넓은 집은 본질에서 벗어난 부차적인 것들이다.

오감은 예민해지고 현재에 깨어 있는 삶을 산다

익숙한 환경에서는 루틴한 생활이 가능하지만 낯선 사람과 환경을 대하면 자연히 오감을 동원해야 한다. 누가 나와 눈이 마주쳤는지, 누가 나에게 말을 걸어오는지, 주변에서 무슨 냄새가 나는지, 낯선 음식이 내 입에 맞는지 안 맞는지, 나의 오감은 예민해진다.

또한 낯선 식당에서 음식을 주문하고, 처음 가는 목적지를 찾아가야 하고, 버스 등의 대중교통을 처음 타본다면 나의 예민한 오감을 작동시켜 가며 현재에 깨어 있어야 한다. 낯선 곳에서의 여행은 현재에 깨어 있는 삶을 가능토록 훈련시켜 주었다.

완벽하게 계획하지 않는다. 상황에 따라 유연하게 대응하는 능력이 커졌다

나와 같은 극소심 성격은 약간의 강박이 있다. 완벽히 준비하고 계획하지 않으면 불안하다. 나는 일을 하거나 여행을 다닐 때는 일정 계획표를 꼼꼼히 준비하는 사람이다. 대충대충 준비하면 스스로 불안해한다.

그러나 해외에서 홀로 배낭여행을 하면 나는 서너 살 된 아기와 다를 바 없다. 말할 때 몇 개의 영어 단어만을 떠듬거리고, 어디로 가야 할지를 몰라 길 잃은 아이처럼 두리번거리고, 메뉴판에 적힌 음식도 모두 낯설어서 뭘 골라야 할지 헤맨다. 여행은 계획하거나 준비한 대로 흘러가지도 않았고, 그냥 닥치는 대로 그때그때 대응할 뿐이었다. 단지 내가 할 수 있는 것은 생면부지의 사람에게 도움을 요청하는 것뿐이다.

나는 이제 완벽하게 사전에 계획하거나 준비해야 한다는 강박은 줄었다. 그냥 전개되는 상황에 따라 대응하려 한다. 물론 잘 못 대응해서 약간의 어려움을 겪기도 할 것이다. 비록 어려움을 겪기는 하겠지만 살아 있다는 생동감은 훨씬 짙어진다는 것을 이제는 안다.

나 자신에 대한 믿음과 사랑이 더욱 커졌다

해외에서 늘 붙어 다니며 의지할 사람은 자기 자신뿐이다. 영어로 타인과 대화를 잘 못하다 보니 나 자신과 이런저런 대화를 나눌 시간이 많아진다. 그러면서 우리 둘의 이해는 더욱 깊어졌고, 이해가 깊어지니 서로 간에 사랑하는 마음도 생겼다. 수많은 어려움을 헤쳐가면서 내 속에는 나도 알지 못했던 '작은 거인'이 있다는 것도 알았다. 서로는 늘 같이 움직이는 동지였으며 따뜻한 시선을 가진 사랑하는 연인이나 다름없었다. 해외여행을 통해서 나 자신에 대한 믿음과 사랑이 더욱 커졌다.

전립선 비대증이 치료되었다

해외여행 출발하기 3~4년 전에 오줌이 나올 때, 방광이 너무 아파서 비뇨기과를 방문했었다. 의사는 전립선 비대증이라고 했다. 전립선 비대증도 여러 형태가 있는데, 나의 경우는 치료 예후가 매우 좋지 않은 유형이라면서 "아마도 평생 약을 먹어야 할 겁니다."라고 말했다. 나는 해외여행을 1년 계획하고 나갔기 때문에, 내가 평소에 먹던 약을 모두 가져가야만 했다. 고혈압과 전립선 비대증 1년 치 약의 양이 엄청 많았다.

해외에 다녀와서 약을 다 복용하고 비뇨기과를 근 1년 만에 다시 찾아갔다. 1년 만에 비뇨기과에 왔으니 의사가 초음파 검사부터 했다. 의사가 깜짝 놀랐다. 전립선이 정상으로 돌아왔다면서 약 먹을 필요 없다고 했다. 세상에, 이럴 수가…. 아마도 해외여행의 대부분이 트레킹 위주라서 스트레스받지 않고 좋은 공기 마시면서 많이 걸었기 때문에 좋아졌을 것이라고 했다. 세계여행이 나에게 일으킨 변화 중, 제일 눈에 띄는 내 몸의 변화였다.

2022년 7월에 코로나 또는 개인 사정으로 등으로 세계여행을 미루지 않고 떠났던 것이 지금 생각해도 잘했다는 생각이 든다. 세계여행이 내가 인지했든 인지하지 못했든 나에게 많은 변화들을 일으켰을 것이다. 그리고 그러한 변화들이 나를 어떤 방향으로 이끌고 나아갈지 나도 몹시 궁금하다.

제2장

어떻게 살 것인가

산티아고 순례길

아버지가
생전에 주신 가르침

2006년 9월, 79세의 연세로 돌아가신 아버지는 평소에 말이 없으신 분이셨다. 나도 당신만큼이나 무뚝뚝한 성격이어서 한집에 살면서도 대화다운 대화를 나눈 기억이 별로 없다. 막노동을 하셨던 아버지가 술을 한잔 거나하게 취해 들어와서는 어머니랑 자주 싸우시고는 우리들에게 자신을 변호하듯 매번 한 글자도 틀리지 않고 반복해서 말씀하셨다.

"사람은 분수대로 살아야 한다. 있는 게 없는 척, 없는 게 있는 척하면 안 된다."
"우리 형제는 우애가 없었지만, 너희는 형제간에 이초(우애) 있게 지내거라.”

"있는 사람 사정은 몰라도 된다. 하지만 없는 사람 사정은 꼭 알아야 한다.”

어릴 때부터 너무 자주 들었던 말이라서 지금까지도 생생히 기억한다.

내가 몇 번의 대기업 취업에 실패하고 한 곳의 최종 합격 통지를 받았을 때, 아버지도 기뻐하면서 나에게 한 말씀을 툭 던지셨다.

"여자에게 잘해라, 여자 입에 오르내리는 남자치고 출세한 남자 없다.”

평소에 자녀와 대화를 거의 하지 않으시는 분이 술에 취하시면, 술의 힘을 빌려서라도 자녀에게 꼭 강조하고 싶으셨던 당신의 생각이었을 것이다. 무뚝뚝한 아버지는 나에게 왜 이런 얘기를 강조했을까?

┃ 사람은 분수대로 살아야 한다. 있는 게 없는 척, 없는 게 있는 척하면 안 된다

결론적으로, 이 이야기를 아버지가 하신 배경에는 어머니에 대한 깊은 불신이 원인일 것이라 생각한다. 내가 어릴 적 집안의 형편은 대부분의 사람들과 마찬가지로 매우 어려웠다. 아버지는 막노동으로 부모와 자녀 네 명을 부양해야 하는 장손이었다. 아버지도 막노동을 하시면서 술을 많이 드셨지만, 가정에 대한 책임감은 강한 분이셨기 때문에 자신이 막노동으로 번 돈은 가족을 위해 사용하셨다. 하지만 당신의 소득으로 생계를 감당하기는 어려웠을 것으로 짐작된다. 그래서 어머니는 친정에 가서 도움을 받기도 했고, 그래도 모자라면 이웃에서 돈을 이곳저곳 빌려야만 했다.

당시에 아버지와 어머니는 자주 싸웠는데, 싸움의 원인은 돈과 관련 깊었을 것이다. 아버지의 생각에는 자신이 뼈 빠지게 일한 소득 내에서 어머니가 분수(형편)껏 생활하기를 바랐을 것이다. 하지만 어머니 입장에서는 생계를 유지하기엔 턱없이 모자랐다. 싸움의 끝은 대체로 비슷했다. 밥상이 뒤집어지고, 물건이 날아다니고, 주먹다짐에 어머니는 소리 지르며 울었다. 아버지가 술에 취해서 들어오는 날은, 어린 나는 직감적으로 결론을 알고 있었다. 서로 고성이 오고 갈 때, 어린 나는 어머니가 대꾸를 하지 않기를 바랐지만, 나의 바람과는 달리 모친도 따박따박 대꾸했기에 폭력이 행사되고 어머니는 울부짖고 어린 나는 그 방으로 뛰어들어 가 울면서 말려야 했다.

내가 초등학생 때, 어머니가 이웃에게 빌린 돈을 갚지 못해서 빚쟁이들이 집에 떼로 몰려 찾아오기도 했으므로 어머니는 서울 친척 집으로 피신해서 그곳에서 식모살이를 했다. 모친이 서울

식모살이로 마련한 돈으로 집에 빚쟁이들을 불러놓고 빚잔치를 했었던 기억도 어렴풋이 난다.

모친은 자존심이 강해서 체면을 중시했다. 어머니는 종손 집안의 며느리로서의 지위를 중시했겠지만, 아버지는 종손이라는 체통보다는 자기의 분수에 맞게끔 생활하길 원했다. 가난한 집 제삿날 돌아오듯, 거의 매달 돌아오는 제삿날에 어머니는 종손 집 며느리로서 그럴듯하게 제사상을 차려서 친척들이나 이웃에게 보이고 싶어 하는 성향이라면, 아버지는 형편이 안 되면 물 한 그릇 떠놓고 제사를 지내면 될 것이지, 찾아오는 친척이나 이웃의 시선에 신경 쓸 것이 없다는 성향이었다.

어머니는 자녀의 자존심을 위해 자녀들의 학교 공납금을 빌려서라도 제때에 챙겨주려고 애썼고, 만일 빌린 돈을 갚지 못하면 사정하거나 돌려막기를 했을 것이다. 아버지는 남에게 돈을 빌리면 제때에 갚아야 하는 것이고, 만일 갚을 형편이 못 되면, 돈을 빌리지 말아야 한다고 생각하는 분이셨다. 따라서 아버지는 어머니의 이러한 성향을 이해하지 못했을 것이다. 남편의 소득이 적으면 적은 만큼 아내는 소득 내에서 생계를 꾸려나가야지, 이웃의 돈을 빌리고, 또 빌린 돈을 갚지 못해 빚쟁이들이 집에 찾아오고, 빚쟁이들을 피해서 자녀들을 두고 서울로 피신해야만 했던 아내를 도저히 이해하지 못했을 것이다.

아버지는 어머니가 자기 형편에 맞게끔 생계를 꾸려나가지 않는 것이 몹시 못마땅했을 것이다. 아버지의 눈에는 어머니가 마치 '없는 놈이 있는 척'하는 것 같아 보였을 것이다. 그래서 아버지는 술 한잔 드시고 들어오는 날은 우리들을 불러놓고 말씀하셨다.

"사람은 자기 분수대로 살아야 한다. 있는 게 없는 척, 없는 게 있는 척하면 안 되는 기라."

하지만 이 말은 당신이 못마땅하게 생각했던 아내에게 하고 싶었던 말이지 않았을까.

오래전에 돌아가신 아버지를 회고하면서 어머니가 우리에게 말씀하셨다.

"너희 아버지 성격이었으면 너희들 네 명 공부 못 시켰을 거다." 아버지의 성향상 맞는 말일 수도 있다. 두 분 중 누가 옳고 누가 그른지는 판단할 수 없다. 하지만 두 분의 성향은 여러 면에서 달랐다. 그래서 두 분은 많이 싸우셨다. 아버지가 돌아가시기 며칠 전, 우리들을 불러놓고 말씀하셨다. "너희 엄마가 시집와서 고생했으니, 엄마에게 잘해라."라고. 당신이 잘해주지 못한 미안함에서 그랬을 것이다.

│ 우리 형제는 우애가 없었지만, 너희는 형제간에 이초 (우애) 있게 지내거라

아버지는 1927년생으로 집안의 장손이었다. 일제 식민지 시대에 일본에서 태어나서 해방을 맞이하여 부산으로 왔고, 6·25전쟁이 발발하자 군인으로 참전하셨다가 옆구리에 총을 맞고 의가사로 제대한 전쟁 상이군인이었다. 내가 태어나기 전에 돌아가신 삼촌이나 고모님이 있었지만, 내가 기억하는 아버지의 형제들은 남동생 두 명, 여동생 두 명이 있었다. 아버지의 형제들은 각자 결혼해서도 모두 부산에 거주하셨고, 일부 형제들은 우리 집과 아주 가까운 곳에 살기도 했다. 아버지는 장손이어서 집에서는 거의 매달 제사가 있었기에 아버지의 형제들이 한 번씩 집에 모이는 경우도 많았다. 아마도 형편이 넉넉하면 자연히 마음도 넓어지겠지만, 다들 생활이 팍팍하다 보니 서로 간에 다투는 일도 잦았다.

싸움의 주제는 단순한 것들이었다. 상대의 자존심을 긁는 한마디에 서로 격분했다. 그러니 아버지의 형제들 간에 왕래도 자연히 뜸해졌고, 집안 제사에도 거의 오지 않았다. 그렇게 형제들은 이웃보다도 못한 사이가 된 것이다. 아버지는 집안의 장손이었지만, 자기 살기도 빠듯했기 때문에 장남으로서 동생들을 아우르지 못했다. 형편이 어려운 형제들끼리 서로 의지하면서 살아야 했지만, 아버지가 그 중심축 역할을 하지 못한 아쉬움이 컸을 것이다.

장손으로서 당신의 동생들을 잘 아우르지 못한 미안함, 당신들끼리 싸우는 모습을 자식들에게 보인 부끄러움 등이 복합적으로 작용했을 것이다.

"우리 형제는 우애가 없었지만, 너희는 형제간에 이초 있게 지내거라."

아마도 아버지 때에는 형제들끼리 잘 지내지 못했던 자신이 한스러워 자식들만큼은 서로 의지하고 도우며 살아가길 바라지 않았을까.

나는 막내로 형제들은 4형제이다. 형님과 작은누님은 다른 도시에 살고 있고, 큰누님과 나는 계속 부산에서 살고 있다. 형제들끼리 서로 떨어져 있으니 날 잡아서 한 번쯤 모두 만나는 것도 쉽지는 않다. 모친 생일 또는 자녀 결혼 등의 대사가 있어야 한 번씩 만나볼 수 있을 뿐이다. 최근에는 형제들끼리 매달 회비를 모은다. 회비라도 모아야 회비 사용을 핑계로 만날 것 같아서이다. 형제들 간의 중요한 소식이나 의논할 일이 생기면 형제들의 단톡방을 통해서 서로 간에 대화한다. 하늘에 계신 아버지께서 자기 자녀들의 우애를 걱정하실 정도는 아닌 것 같다.

│ 있는 사람 사정은 몰라도 된다. 하지만 없는 사람 사정 은 꼭 알아야 한다

아버지는 식민지 시대와 해방이라는 격동기에 제대로 된 정규 교육을 받지 못했지만, 집안의 장손으로서 생계를 책임져야 했으 므로 여러 가지 노동을 하셨고 최종적으로는 페인트칠을 하셨다. 장손이었지만 부모로부터 물려받은 재산도 없었고, 오직 본인의 노동에 의한 수입으로만 생계를 이어가야 했다. 노모와 아내 그 리고 딸린 자식들이 굶지 않도록 하는 게 당신의 지상과제였을 것이다. 당시에 아버지는 담배나 술을 많이 하셨다. 전날에 아무 리 많은 술을 드셨어도 새벽에 일어나기 위해 머리맡의 담배부터 찾아서 입에 물었다. 담배를 손에 낀 채로 깜빡 졸다가 담배를 떨 어뜨려 아버지의 머리맡의 장판은 담뱃불에 탄 자국으로 곰보가 되어 있었다. 하지만 어김없이 새벽에 일하러 나가셨다. 당신의 몸에 빨대를 꽂고 있는 자식들을 위해서.

아버지는 한평생을 가난 속에서 힘들게 사셨다. 본인이 가난하 고 '없는 사람'이었다. 당신께서 '없는 사람'으로서 겪어야만 했던 서러움이나 슬픔도 있었을 것이다. 술 한잔 얼큰하게 취해 집에 들어와서 우리들을 앉혀놓고 말씀하셨다.

"있는 사람 사정은 몰라도 되지만, 없는 사람 사정은 알아야 된다."

이 말속에는 어린 우리들에게 '나 좀 알아달라.'라는 뜻이 숨어 있었던 것은 아니었을까.

아버지는 말을 번지르르하게 하는 분이 아니셨다. 또한 말을 번지르르하게 하는 사람도 싫어하셨다. 그냥 행동으로 보여줄 뿐이었다. 아버지가 돌아가신 지 벌써 20년이 다 되어간다. 나이가 들어갈수록 점점 아버지를 닮아가는 것 같다.

| 여자에게 잘해라, 여자 입에 오르내리는 남자치고 출세한 남자 없다

원래 말이 없으셨던 분이셨기에 내가 취업했을 때 내심 기뻐하는 표정으로 딱 한 말씀만 하셨기 때문에 이 말씀을 하셨던 당신의 표정도 생생히 기억난다. 직장도 사람이 모여 있는 곳이므로 남자, 여자 구분 없이 두루 잘 지내야 하는 것은 당연하다. 다만 여직원에게 좀 더 신경을 쓰라는 정도로 이해했고, 별로 의문을 품지 않고 직장 생활을 마무리했다. 은퇴한 지금, 나의 직장 생활을 뒤돌아보면 아버지의 조언이 일정 부분 공감이 되는 부분이 있다. 아버지는 왜 여직원에게 특히 더 잘하라고 했을까?

요즘은 여성들도 대부분 사회생활을 한다. '일의 능력' 차원에서 보면 남성과 여성의 차이는 거의 없다. 오히려 학교에서의 학업능력 면이나, 공무원 또는 공공기관 등에 합격하는 비율로 보면 여성의 성적이 훨씬 좋아서 여성 우위의 영역도 많아졌다. 내가 직장에서 근무할 때 법원의 소송 관련 업무를 담당했던 적이 있었다. 그때 소송 업무를 담당했던 직원들이 했었던 우스개 이야기가 하나 있다. 법원에 가보면 판사도 여성, 검사도 여성, 변호사도 여성인데 범인만 남성이라는 이야기이다. 일반화하긴 무리가 있겠지만, 어느 정도 현 상황을 반영한다고 본다.

하지만 우리 아버지의 시대, 또는 내가 직장 생활을 막 시작했던 시기에는 직장 생활을 하는 여성의 수도 남성에 비해 적었고 여성에 대한 차별도 많이 존재했을 뿐 아니라, 여직원에게 요구되는 역할도 한정되어 있는 경우가 많았다. 직장 생활에는 두 가지 영역이 존재한다. '일의 영역'과 '인간관계 영역'이다. 우리나라가 개발도상국인 시대에는 '일의 영역'이 아주 중요한 영역이었고 이러한 역할은 주로 남성이 담당하는 경우가 많았다. 그래도 결국 '일'은 사람이 하는 것이라서 '인간관계 영역'도 무시할 수 없는 중요한 변수이다. 예나 지금이나 성공적인 직장 생활을 하기 위해서는 '직장 내 평판'이 중요한 요소이다. 특히나 요즘 시대는 '직장 내 평판'이 좋지 않으면 승진도 힘들다.

그런데 예전에는 주로 남성들이 중요한 '일의 영역'을 대부분 담당했으므로 '일의 성과'에 집착한 나머지 평판을 덜 신경 쓰던 때가 있었다. 일부 남성들의 경우 '일 능력'은 뛰어났지만 '인간관계 능력'에서 실패하는 경우도 종종 있었다. 이러한 남성의 부족한 '인간관계 능력'을 정확히 포착·진단하는 사람들은 주로 여성들이다. 유전적으로 여성이 남성보다 '인간관계 능력'이 훨씬 뛰어나다. 뛰어난 공감 능력 덕분이다. 또한 여자의 촉은 남자와 다르다. 여성은 남성의 눈빛, 숨소리의 미세한 차이로 당신이 거짓말을 하고 있는지를 바로 알 수 있다. 애를 키우는 엄마로서, 시부모를 모시는 며느리로서 예민하고 발달된 촉을 가지고 있기 때문이다. 실제로 우리 집 강아지가 뭘 원하는지를 나보다는 아내가 훨씬 빨리 포착한다.

남성의 단점을 빠르게 포착·진단하는 능력과 여성 특유의 '인간관계 능력'이 더해져서 남자 직원에 대한 진단을 마친 소문은 여직원들을 통해서 순식간에 주위로 전파된다. 남성이 '일의 영역'에 눈이 팔려 여직원들을 무시할 때, 여성은 '인간관계 능력'을 발휘하여 직장 내에 '평판'을 만든다. 예전이나 지금이나 직장 내에서 좋지 않은 평판을 받는다면 어떻게 출세할 수 있겠는가? 특히 요즘 시대는 더더욱.

남성이 여성에게 잘 대해야 하는 이유이다.

> 아버지와 많은 대화를 나눈 기억은 없지만, 말씀하신 몇 가지를 기억할 수 있어서 다행으로 생각한다. 그리고 말씀하신 내용을 내 나름대로 정리할 수 있는 시간이 있어서 행복했다. 내가 잊어버리지 않고 기억하는 소중한 아버지의 말씀이기에.

60년을 살면서
잘했다고 생각되는 세 가지

어느덧 60세가 넘었다. 나의 60년 인생을 뒤돌아본다. 내 성격이 도전적인 무엇을 추구하는 성향도 아니고 꾸준함도 부족하여 남들에게 내세울 정도로 성취한 이력도 찾아보기 힘들다. 하지만 뒤지고 뒤져서 고민 끝에 '60 평생을 살아오면서 이것만은 그래도 내가 잘한 것 같다.'라고 생각되는 세 가지를 적어보려 한다.

| 60년을 살면서 잘했다고 생각되는 세 가지

용기 내어 아내에게 프러포즈한 것

대학을 졸업하고 몇 군데 대기업 면접에서 모두 탈락하고 나를 받아준 첫 직장에서 아내를 처음 만났다. 지금도 그렇지만 당시에도 숫기가 별로 없었다. 아내를 알고 나를 아는 동료들은 아마도 아내가 먼저 나에게 프러포즈를 했을 것이라 추측했다. 아내가 근무하는 사무소에 무작정 찾아가서는 머쓱해하면서 점심을 사주겠다는 나의 첫 데이트 신청을 아내는 웃으며 기꺼이 응해주었다. 그때 용기 내어 아내에게 먼저 다가간 것, 이것은 내 인생최고의 탁월한 선택이었음을 밝힌다. 몇 년 전 직장에 근무할 때 결혼을 앞둔 직원이 나에게 주례를 부탁했다. 그 당시 나의 주례사의 마지막 문장으로 내 생각을 대신한다.

"우리는 인생을 항해에 비유합니다. 좋은 날도 있고, 궂은 날도 있고, 어떨 땐 거센 풍파로 어려움을 겪을 수도 있습니다. 인생의 항해가 끝나는 날, 서로를 바라보며 '내가 지금까지 살면서 제일 잘했던 선택이 당신을 선택한 일이었어요.'라고 서로 말할 수 있었으면 좋겠습니다."

책을 읽고, 노트에 정리한 것

직장 생활을 하다 보면 누구나 어려움을 겪는다. 그 어려움이 본인에 의해서건 다른 원인에 의해서건 따지는 것은 중요하지 않은 것 같다(굳이 따지려면 본인의 귀책사유를 따져보는 것이 현명할 테지만). 중요한 것은 그 어려움 이후에 내가 어떤 선택을 하느냐일 것이다. 나는 이렇게 하기로 했다. '이왕 이렇게 되었으니 책이나 읽자.'라고 생각한 것이다. 지금으로부터 약 20년 전에 책을 읽고 정리하기로 마음먹었던 것이다. 대학 때도 간간이 독서를 하기는 하였지만 취업 준비나 직장 생활로 거의 손 놓다시피 한 책 읽기였다.

책 읽고 정리하기는 나의 40세 이후의 삶에서 내 사고의 틀을 형성하고 삶의 방향을 결정하는 데 중요한 영향을 끼쳤을 것이다. 지금에 와서 정리해 둔 수첩을 뒤적이다 보면 '뭐 이런 것까지 적었을까?' 하는 것도 있지만, 그 당시에 내가 꽂혔던 문장이 지금 새로운 느낌으로 해석되기도 한다. 이제는 책을 읽는 것보다는 내 생각을 정리하는 데 더 큰 비중을 두고 있지만, 내가 책을 읽고 정리하기를 선택하지 않았다면 지금 현재의 내 모습을 상상할 수 없다.

세계여행을 위해 인천공항행 버스에 탑승한 것

세계여행은 나의 오래된 꿈 같은 것이었다. 오래전부터 은퇴하면 세계여행을 갈 것이라는 나의 계획에 가족들은 반신반의했겠지만 나의 속마음은 1년 안에 죽는다는 선고를 받지 않는다면 무조건 떠날 각오였다. 은퇴하고 다행히 1년 안에 죽을 것이란 선고는 없었으므로 2022년 7월 30일 오후에 부산에서 인천공항행 버스에 올라탔다. 인천공항행 버스에 과감히 몸을 실은 것은 내 인생 최고의 선택 중의 하나였다. 당시 부산에서 인천공항행 버스를 타고 올라가면서 출정식을 하는 기분으로 적었던 나의 글로 그날의 벅찬 심경을 대신한다.

"오늘 저녁 11시 45분, 제네바행 비행기에 몸을 싣고 내가 알지 못하는 세상으로 저는 출발합니다. 두려움과 불안은 생각한 만큼 심각하지 않습니다. 오히려 근거 없는 자신감과 호기심과 설렘이 더 큽니다. 앞으로 이런 기회는 두 번 다시 오지 않을 것임을 저는 알고 있습니다. 세상의 파도에 내 몸을 실어 보낼 마지막 기회이기 때문에 열린 마음과 약간의 용기로 세상 밖으로 나아가고자 합니다. 내 마음속 깊은 곳에 숨겨져 있을지도 모르는 보물과 세상 곳곳에 널려 있을지도 모르는 보물을 찾아서 저는 지금 떠납니다. 물론 내가 찾고자 하는 보물이 없거나, 있는데도 내가 발견하지 못할 수도 있습니다. 그것은 중요하지 않습니다. 내가 시도했다는 그 자체가 더 중요하니까요.

두 번 주어지는 인생은 없습니다. 누구나 단 한 번의 삶입니다. 지금 실행하지 않으면 조금은 안전할지는 몰라도 두고두고 후회할 것임이 명백합니다. 나는 해외여행의 문외한입니다. 해외여행도 나 스스로 가는 것은 처음입니다. 비행기 티케팅과 환승, 스위스 제네바 공항에서 프랑스 샤모니로 버스 이동 그리고 예약된 호텔로 찾아가는 일까지 모두 처음으로 해보는 것들입니다. 외국인과의 대화도 번역기 믿고 갑니다. 내일, 나 혼자의 힘으로 마치 개선장군처럼 만면에 미소를 머금은 채, 목적지인 프랑스 샤모니에 있는 호텔로 걸어 들어가는 내 모습을 지금 상상해 봅니다. 저는 지금 벅찬 가슴으로 미소 짓고 있습니다."

지금은 은퇴해서 내 인생 최고의 황금기를 관통하고 있다. 내 인생의 황금기를 보낸 20년 후에 이 질문을 내게 다시 했을 때 한두 가지를 더 추가할 수 있었으면 좋겠다.

나에게 성공적인 삶이란
어떤 모습인가

내가 눈을 감을 때, 나는 어떤 상태라야 나 자신에게 성공적인 삶을 살았다고 말할 수 있을까? 성공의 기준은 사람마다 각자 다를 것이다. 지위, 명예, 금전적인 부에 기준을 둘 수도 있고, 흐르는 물 같은 편안한 삶이나 행복에 방점을 둘 수도 있다. 어떤 이는 성공의 기준을 자녀에게 두는 경우도 있다. 자녀에게 모든 것을 헌신하고 자녀가 성공하면 자신도 성공적인 삶을 살았다고 대리만족하는 경우일 것이다. 각자가 정한 성공의 기준은 나름대로 존중받아야 하며, 자신의 기준에 따라 성공적인 삶을 살기 위해 노력하면 될 뿐이다. 예전에 내가 개인적으로 성공의 기준에 대해 생각하던 중 우연히 내 가슴에 딱 와닿은 말들을 책에서 발견했다.

"성공이란 나이가 들수록 가족과 주변 사람들이 점점 더 나를 좋아하는 것이다." - 짐 콜린스 -

"성공이란 자신이 한때 이곳에 살았으므로 인해 단 한 사람의 인생이라도 행복해지는 것이다." - 랄프 왈도 에머슨 -

모두 멋진 정의라고 느꼈다. 그렇다면 과연 나는 성공적인 삶을 어떻게 정의할 것인가?

| 나에게 성공적인 삶이란 어떤 모습인가

나는 성공을 이렇게 정의한다.

"내적으론 가장 나다움을 찾아가는 여정에 내가 있고,
외적으론 내 주변의 행복 파이가 커지는 데 조금이라도 기여했다면"

인생은 '나다움'을 완성시켜 가는 과정이다. 타인의 눈치를 보며 사회적 기준에 따라 사는 삶이 아니라, 자신의 기준에 따른 가치를 찾아서 몰입하며 그러한 몰입에서 즐거움을 찾고 자신을 성장시켜 가는 것이다. 따라서 나는 살아서는 솔직한 '나다움'을 드러내기 위해 한 걸음씩 나아가다가 마지막 눈을 감을 때조차도

'나다움'을 유지할 수 있기를 소망한다.

　정확한 자기인식을 바탕으로 자신이 원하는 바를 명확히 하고, 자신이 원하는 것을 누구의 방해도 받지 않고 자유롭게 행하며, 자신의 책임하에 무소의 뿔처럼 한 걸음씩 전진해 나가며, 만족과 감사의 삶을 통해 내적으로 충만한 상태를 유지하고, 인생을 되돌아볼 때 후회할 것이 전혀 남아 있지 않다면 나답게 잘 산 것이 아닐까? 또한 내적으로 충만한 '나다움'에서 발현되는 나 자신의 행복이 선한 영향력으로 작용되어 내 주변 사람들이 조금이라도 더 행복해진다면 성공적인 삶을 살았다고 할 수 있지 않을까?

나는 성공이 인생의 사다리를 얼마나 높이 올랐는가로 평가받는 것이라 생각하지 않는다. 차라리 은은하지만 내 주변을 얼마나 넓게 스며들게 하였는가가 더 중요하다고 생각한다. 수직으로 높이 올라서 나만 두드러지고 사람들이 올려다보는 것이 아니라, 다른 사람에게 서서히 스며들어 자기도 잘 모르는 새에 나와 주변이 약간 부풀어 오르는 데 자신이 기여했기를 소망한다.

나의 장례식 날, 나의 죽음을 약간은 서러워하며 눈물짓는 사람이 있다면 그래도 잘 살아온 것일 것이다. 그리고 눈물짓는 사람 옆에 자녀가 조용히 다가가서 *"너무 슬퍼하진 마세요. 그래도 우리 아버진 자기가 하고 싶은 거 다 하시고 가신 분이니까요."*라고 속삭이기까지 한다면, 나는 성공적인 삶을 산 게 아닐까?

성공적인 삶을 위해
필요한 자질

자신의 삶을 성공적으로 이루어 내려면 어떻게 해야 할까? 성공적인 삶을 위해 나는 어떤 노력들을 해야만 하고 어떤 자질들을 갖추어야 하는가?

┃ 성공적인 삶을 위해 필요한 자질

꿈 목록을 구체적으로 적어서 잘 보이는 곳에 두고 수시로 보라

꿈 목록이나 버킷리스트를 작성하여야 한다. 1년, 5년, 10년의 단위로 해야 할 목록을 세분해서 작성하는 것이 좋다. 단기 목표와 장기 목표를 설정하는 것과 같다. 꿈 목록을 읽어볼 때마다 가슴은 설레고 살아 있다는 느낌을 갖게 될 것이다. '설레지 않는 삶'이 무슨 재미나 의미가 있겠는가. '살아 있다.'는 느낌이 없는 일상은 또 얼마나 지루하겠는가. 살다 보면 알게 되지 않는가. 삶이 설렘과 살아 있음을 매번 느끼게 하지는 않는다. 그 반대로 현실은 실망과 좌절로 종종 고통을 안겨줄 때가 더 많다. 그럴 때, 우리의 꿈은 희망의 등불처럼 빛난다. 희망은 좌절로부터 우리를 구원한다. 꿈과 희망은 현실의 고통을 견뎌내고 한 발을 앞으로 내디딜 힘을 우리에게 준다.

하루에도 오만가지 생각과 여러 가지 문제들이 발생한다. 많은 생각들과 문제들에 일일이 대응하는 집중력을 발휘하기란 어렵다. 선택과 집중을 위해서 불필요한 것들을 제거해야 한다. 꿈과 목표는 그 방향에 집중할 수 있도록 등대 역할을 할 것이다. 꿈, 목표가 없다면 세상의 흐름에 쉽게 휩쓸려 표류하기 쉽다. 꿈, 목표는 세상의 기준이 아니라 자기의 기준을 갖는 일이고, 자기의 기준을 갖고 있어야 자신의 고유한 삶을 살아갈 수 있다.

꿈 목록을 작성했으면 가까운 곳에 두고 수시로 읽어보라. 하루에 한 번은 읽어보라. 진행 과정을 점검하라. 나는 100가지 버킷 목록을 프린트해서 매년 직장에서 제공받는 수첩의 제일 앞면에 붙여서 매일 볼 수 있도록 하였다. 그중 제일 중요하고 커다란 꿈과 목표는 주변에 알려야 한다. 나의 세계 일주와 같은 커다란 꿈은 가족의 지지가 없이는 할 수 없다. 그래서 떠나기로 예정된 시기의 10년 전부터 가족과 주변에 나의 계획을 알렸다. 그렇게 10년을 이야기하다 보니 주변 사람들은 내가 당연히 할 것으로 받아들였다. 오히려 내가 계획을 포기하는 것이 더 이상할 정도였다.

세상사의 모든 위대함은 반복과 꾸준함에서 나온다

내가 정확하게 기억하는지는 모르겠지만 파울로 코엘료 작가가 말했다.

"인간은 두 가지 실수를 한다. 하나는 시작하지 않는다는 것이고, 다른 하나는 시작한 일을 끝내지 못한다는 것이다."

전적으로 동감한다.

시작한다는 것, 첫발을 내디딘다는 것은 새로운 뭔가를 도전한다는 뜻이다. 뭔가를 도전하는 것도 쉬운 일이 아니지만 시작 또는 첫발을 내디딘다고 그것으로 성사되는 일은 없다. 꾸준함을 유지할 수 있어야 하는 것이다. 꾸준함은 결국 반복의 지루함과 고통을 견뎌내는 일이다. 나의 버킷리스트 목록 중에 '외국인과 영어로 대화하며 웃어보기'가 있다. 영어 공부를 해본 사람은 안다. 몇 달 만에 이루어질 수 있는 목표가 아니다. 무한히 반복하는 지루함을 이겨내어야 가능하다. 중간에 흐지부지해서 종결한다면 시작의 의미는 사라진다. 세상사의 모든 위대함은 반복과 꾸준함의 결과이다.

산행을 해보면 먼저 앞서가는 분을 앞질러 가기도 하고 뒤에 오는 사람에게 내 등을 내어줄 때도 있다. 하지만 내가 아무리 빨리 올라왔다 하더래도 잠시 쉬고 있으면 저 밑에서 앞질렀던 사람이 금세 따라와서 나를 추월해 간다. 마치 어릴 적 동화 속의 '토끼와 거북이' 이야기처럼.

장거리 산행에서 제일 중요한 것은 자기 페이스를 조절하면서 꾸준함을 유지하는 것이 중요하다. 앞사람을 앞지르기 위해 또는 뒷사람에게 추월당하지 않기 위해 자신의 페이스를 조절하지 못하면 꾸준함을 유지하지 못해서 필히 낭패를 겪게 된다. 인생도 마찬가지이다. 자기의 페이스에 맞춰 꾸준히 나아가야 한다. 모든 위대한 업적은 '반복'과 '꾸준함'에서 나온다.

성공적인 삶을 사는 데 필요한 자질은 나는 두 가지라고 말했다. 꿈을 가질 것, 그리고 그 꿈을 향해 반복하는 꾸준함을 견뎌내어야 한다고 말했다. 하지만 어떤 사람은 "꿈을 꾸지 마라."라고 말한다. 꿈이라는 것도 미래의 목표이고 미래의 목표를 위해 현재를 희생시킬 수 있다는 우려 때문이다. 목표가 뚜렷할수록 과정이 흐릿해질 수 있음을 경계하는 것이다. 나도 개인적으로 '지금'의 중요성을 알고는 있지만 대체적으로 꿈이나 목표의 중요성을 긍정하는 분이 많다. 좌표가 설정되어 있는 삶과 좌표 없이 흘려보내는 삶이 같을 수는 없다. 나는 나의 버킷리스트를 좌표 삼아서 지금에 충실하고자 노력한다. 생활이 다소 느슨해지려고 할 때 꿈 목록을 읽어만 봐도 입가에 미소가 번진다. 희망이 없으면 오늘의 고문을 견디기 힘들다. 반드시 달성할 것이라고 확신하고 두드리면 분명 그 문은 열리게 된다. 주차할 자리가 분명히 있을 거야라고 확신하면 신기하게도 주차할 자리가 눈에 보이는 것처럼.

내 삶에서 나침판이 되어줄
나의 인생 키워드

어느 날, 제자 자공이 공자에게 묻는다. "평생에 지침이 될 만한 한 글자가 있겠습니까?" 공자가 답하길 *"恕(서)일 것이다. 恕(서)는 자신이 원하지 않는 것을 남에게도 행하지 않는 것이다."*라고 말했다.

나도 나의 삶의 지침으로 평생 간직해야 할 인생 키워드는 뭘까를 생각했다. 그리고 세 개의 키워드를 뽑았다. 용서, 사랑, 자유이다.

지나간 것에 대한 '용서'

다가올 모든 것에 대한 '사랑'

마음이 가는 대로 움직일 '자유'

각각에 대한 나의 단상을 적어본다.

| 나의 인생 키워드 ① '용서'에 대한 단상

용서는 결국 자기 자신을 위한 것이다

원한을 원한으로 갚을 때 통쾌한 경우는 무협 영화나 만화에서나 가능한 이야기이다. 대부분은 자기 파멸의 비극으로 결말이 난다. 원한은 다른 원한을 불러올 뿐이다. 아울러 원한을 품으면 누가 스트레스를 받는가? 상대방이 아니라 본인 자신이다. 그래서 남을 용서한다는 것은 종국에는 자기를 위한 것이다.

자신을 먼저 용서해야 남도 쉽게 용서할 수 있다

일반적으로 말할 때, "남은 관대하게, 자신은 엄격하게 하라."라고 한다. 내가 볼 때 대부분의 경우 자신에게 엄격한 사람이 대체로 타인에게도 엄격한 경우가 많았다. 내가 직장 다닐 때, 전날에 저녁 회식을 하고는 술이 덜 깨어 지각하는 동료가 더러 있었다. 그때, 상사가 혀를 끌끌 차면서 "나는 평생 전날 술 먹고도 지각 한 번 하지 않았다."라며 나무랐다. 자신은 엄격하게 관리했지만, 남의 지각을 관대하게 넘길 줄 몰랐던 상사인 것이다. 만일 이런 분들이 지각을 해보았더라면, 그리고 지각을 하는 자신을 용서했더라면, 상대방이 지각하는 것을 용서할 수 있지 않았을까. 자신의 잘못을 용서할 수 있어야만 남의 잘못도 쉽게 이해하고 용서할 수 있게 된다.

용서할 때는 100% 쿨하게 하라. 그러고는 완전히 잊어라

남의 잘못을 용서하고자 마음먹었다면 다음에는 절대로 그 일을 거론해서는 안 된다. 완전히 기억에서 지워버려야 한다. 마음 한편에 조금이라도 앙금이 남아 있다면 그것은 용서한 것이 아니라 잠시 유보한 것이다. 용서란 뒤끝을 남기는 게 아니다. 쿨하게 용서하고 완전히 잊어버려야 한다.

용서는 강자가 약자에게 하는 것이다

용서는 강자가 하는 것이다. 약자의 용서는 비굴함의 다른 이름이다. 만약 당신이 누군가를 용서하고자 마음먹는다면 당신은 이미 강자이다. 왜냐하면 강자는 약자의 잘못에 대해서도 자신이 제어하고 상황을 반전시킬 힘이 있는 사람이다. 진정한 강자는 약자의 잘못에 크게 노여워하지 않는다.

먼저 용서를 구하는 사람이 이긴다

상대방이 일방적인 잘못을 했다면, 그냥 용서를 하면 된다. 그런데 쌍방 모두 잘못이 있는 경우도 많다. 이때는 먼저 용서를 구하는 사람이 우위에 선다. 만일 9할은 상대가, 1할은 내가 잘못한 경우라도 내가 먼저 용서를 구하라. "나의 이런이런 부분을 잘못했다. 사과한다."라고. 그렇게 하면 정말 신기한 일이 발생한다. 마음은 편안해지고 심적으로 상대보다 우위에 서며, 마치 내가 정신적인 채권자가 된 듯한 느낌이 든다. 게다가 주위에서는 멋진 놈이라고 칭찬할 것이다. 용서가 지니고 있는 위대한 힘이다.

남을 증오하면서 보내기엔 인생이 너무 짧다

원한이나 증오는 결국 자신을 해치는 일이고, 자신을 해치면서까지 증오를 품고 삶을 살기에는 우리의 인생이 너무 짧다.

우리가 눈을 감을 때, 사랑한 순간이 남겠는가, 아니면 증오한 세월이 남겠는가? 눈을 감을 때 후회할 것이 분명한 증오로 인해 아까운 시간을 낭비할 수는 없지 않은가?

《지킬 박사와 하이드 씨》의 작가 스티븐슨은 "결혼은 30%의 사랑과, 70%의 용서다."라고 했다. 인생을 살다 보면 사랑하면서 사는 것보다는 용서하면서 살 일이 더 많은 모양이다. 그만큼 인간관계에서는 많은 잘못과 상처를 주고받으면서 살기 때문인지도 모른다. 혹시 주위에 용서하지 못할 '적'이 있는가? 당신의 적을 사랑하라. 그것이 당신 적의 신경을 거스르는 가장 훌륭한 방법이다. 그래서 "용서처럼 완벽한 복수는 없다."라고 말하는지도 모른다.

| 나의 인생 키워드 ② '사랑'에 관한 단상

최선을 다해 사랑할 것, 하지만 집착하지는 말 것

영원한 사랑은 없다. 언젠가는 끝이 난다. 사랑도 변할 수 있다는 것을 인정하자. 언젠가는 끝날 사랑을 쿨하게 종결하려면 집착하지 말 것. 사랑이 영원히 지속되지 않는다고 해서 실망하지 말 것. 사랑하는 동안은 후회하지 않을 정도로 잘해줄 것. 사랑 이외의 목적을 가지고 접근하지 말 것. 상대를 내 것으로 소유하려 하지 말 것. 상대가 변심하면 쿨하게 보내줄 것. 나만을 좋아해 주길 바라지 말 것. 왜냐하면 사랑은 늘 변하고 영원하지 않기 때문이다.

이것은 사랑이 아닐까

내가 보고 싶어 하는 대로 상대를 보는 게 아니라 보이는 모습 그대로 당신이 보인다면. 단둘이 앉아 있거나 걸어갈 때 서로 말 한마디 주고받지 않아도 어색하지 않다면. 서로에게 미안하면 미안하다 말하고 고마우면 고맙다 말하고 좋으면 좋다고 말하고 싫으면 싫다고 편하게 말할 수 있다면. 음식점에서 *"뭘 먹을래?"*라고 묻는 상대에게 *"그냥 네가 알아서 주문해!"*라고 말할 수 있다면. 매 순간 붙어 있지만 지겹지 않고 몇 달간 떨어져 있지만 매일 전화하지 않아도 서로의 연결성을 의심하지 않는다면.

사랑 표현은 그때그때 하세요. 임이 먼 곳으로 떠나기 전에

세계여행 중 페루 쿠스코의 한국 민박집에 머물 때 성능 좋은 오디오에서 한국 노래가 흘러나왔다. 그중 장사익 선생님이 부르는 〈님은 먼 곳에〉라는 노래가 귀에 꽂혔다.

"사랑한다고 말할 걸 그랬지, 님이 아니면 못 산다 할 것을.
사랑한다고 말할 걸 그랬지, 망설이다가 가버린 사람"

'당신을 좋아합니다. 당신을 사랑합니다. 쑥스러워 표현하진 못했지만 당신을 정말 사랑합니다. 당신이 그립습니다. 당신 생각으로 가득합니다. 당신이 기뻐할 때 나도 기뻤고 당신이 아파할 때 나도 아팠습니다. 당신이 내 곁에 있어서 행복합니다. 평생을 당신과 같이하고 싶습니다. 내가 세상에 태어나서 최고 잘한 선택은 바로 당신을 선택한 것이었습니다.' 이런 표현들은 그때그때 해야 한다.

임이 먼 곳으로 떠나기 전에.

서로 사랑하고 좋은 말만 하기에도 짧은 인생이다

우리가 서로 미워하면 안 되는 이유는 너나 나나 곧 죽을 운명이기 때문이다. 우리가 상대에게 좋은 이야기를 잘 하지 않는 이유는 내가 잘났다는 자랑을 못 하니까 네가 못났다고 삿대질한다. 길지 않은 인생이다. 서로 사랑하면서 좋은 이야기들로만 채워나가기에도 인생은 짧다.

내가 하는 블로그의 닉네임이 '용서 그리고 사랑'이다. 나는 현재까지 살아오면서 '용서와 사랑'이라는 두 개의 키워드로 해결되지 않은 문제는 거의 없었고, 어떠한 문제 상황에서도 짜증 내거나 화를 내는 일이 현저히 줄어들었다. 덩달아 내 마음도 한결 편안해졌다.

나의 인생 키워드 ③ '자유'에 관한 단상

자유란

내가 하고 싶은 것을 내가 할 수 있는 상태이며 내가 싫어하는 것을 당장 멈출 수 있는 상태에 있는 것이다. 어느 한편에 속하거나, 같은 편에 의해서 자신이 구속되거나 제한받지 않는 것이다. 의존으로부터 자신을 독립시키는 것이며, 관계로부터 벗어나 홀로 있을 수 있는 힘을 키우는 것으로 결국 자유는 '나다움'을 발현하는 것이라 할 수 있다.

소유한 것이 적으면 적을수록 자유롭다

배낭여행을 다녀본 사람은 안다. 배낭의 무게가 가벼울수록 자유롭다는 것을. '자기가 소유한 것들 때문에, 소유한 것들로부터 소유당하게 될 것이다.'라는 문장은 삶에서 중요한 통찰을 담고 있다. 물건에도 돈에도 똑같이 적용된다. 자유롭고 싶은가? 그러려면 덜 가지려고 노력하라.

고독할 줄 알면 자유로움을 얻을 가능성이 크다

홀로 배낭여행을 하면서 알았다. 나는 '홀로 있는 걸 좋아하는 사람이구나.'라는 사실을. 홀로 있을 수 있는 고독을 사랑하는 사람은 자유로움을 얻을 가능성이 크고, 홀로 있는 것을 불편해하는 사람은 자유롭지 못할 가능성이 높다. 그래서 고독을 좋아하는 나는 자유로울 가능성이 크다.

나 홀로 멍때리는 자유가 좋다

나의 배낭해외여행은 일상이 걷는 것이었다. 걷다가 쉬고, 걷다가 쉬고. 그러다가 경치 좋은 나만의 공간을 찾아서 나만의 술상을 차린다. 한 시간도 좋고 두 시간도 좋다. 홀로 멍때리며 시간을 보낸다. 내가 제일 좋아하는 시간이다. 가고 싶으면 가고, 가고 싶지 않으면 가지 않으면 된다. 먹고 싶으면 먹고, 먹고 싶지 않으면 건너뛴다. 내가 홀로 다니는 이유이기도 하다. 완벽한 자유이다.

은퇴 후의 자유는 결국 경제적 자립에 달려 있다

경제적 자립이 안 되면 일(소득)을 해야만 하고, 일(소득)에 얽매이면 개인의 자유는 훼손당한다. 개인의 자유를 위해 경제적으로 자립하는 방법에는 두 가지가 있다. 내가 필요한 만큼 소득을 늘리는 방법과 나의 욕망을 현재 소득수준에 맞추는 방법이다.

소득을 늘림으로써 경제적 자립을 이루기는 쉽지 않다. 왜냐하면 은퇴 이후에 직장을 구하기가 쉽지 않고 직장을 구해도 원하는 만큼의 소득이 보장되지 않는다. 우리의 욕심은 깨진 독과 같아서 채워도 채워도 만족스럽게 채워지지 않는다. 그래서 나는 나의 욕망을 현재의 소득수준으로 낮춤으로써 경제적으로 자립하기로 선택했다. 나의 경제적 자유를 위해서 국민연금 수준으로 욕망을 낮추기로 한 것이다.

내가 젊었을 때, 빨리 나이 들고 싶었던 이유는 은퇴해서 자유를 누리고 싶었기 때문이다. 따라서 나의 인생 후반전에 포기할 수 없는 중요한 가치가 '자유' 또는 '자유로운 삶'이다. 구체적으로 표현하면 이러한 '자유'이다.

- 가족 또는 모든 인연으로부터 내 삶이 간섭받지 않을 자유
- '이거 싫은데⋯.'라는 내면의 소리가 들리면 당장 때려치울 수 있는 자유
- 내가 하고 싶으면 나의 모든 걸 걸고서 한번 도전해 보는 자유
- 상대방에게서 인정받고자 하는 욕구로부터의 심리적 자유
- 고급 차, 통장 금액, 집 평수 등 비교 숫자로부터의 자유

- 좋은 관계를 유지하기 위해 억지웃음을 짓지 않을 자유
- 상대의 내키지 않는 도움 요청을 쿨하게 거절하는 자유
- 모임 중에 우연히 보고 싶지 않은 사람이 합석했을 때, 좌석에서 일어나 나갈 수 있는 자유
- 음식점에서 나의 기호에 따라 주문할 수 있는 자유
- 아침상이든 점심상이든 먹고 싶으면 술 한잔 먹을 자유
- 소주잔에 맥주를 먹든, 맥주잔에 소주를 먹든 간섭받지 않을 자유
- 남의 시선에 맞추어 내 옷차림을 변경시키지 않을 자유
- 하루를 굶든, 하루 한 끼를 먹든 내가 알아서 먹을 자유
- 자고 싶을 때 자고, 일어나고 싶을 때 일어날 수 있는 자유
- 책 읽다가 낮잠 자고, 멍하니 앉아 게으름을 즐기는 자유
- 자산을 늘리거나 빚을 갚기 위해 골머리를 싸매지 않을 자유
- 주말이나 연휴를 목매어 기다리지 않을 자유
- 알량한 소득 때문에 월요일 눈을 떠야만 하는 노예에서 해방된 자유
- 직위나 조직의 지휘를 더 이상 받지 않을 자유
- 생산성과 효율성의 미명하에 나를 닦달하지 않을 자유
- 할 얘기와 하지 말아야 할 얘기를 구분하며 몸 낮춰 예의 지키지 않을 자유
- 문득, 만나야 할 사람, 떠나야 할 곳이 있다면 바로 떠

날 수 있는 자유

여태까지 가족 내의 역할이나 직장이라는 조직 내의 생활에서 제대로 실행해 보지 못한 것들이었으나, 인생 후반전은 '자유'를 목숨 걸고 사수하려 한다. 내 목에 칼이 들어온다 하더라도.

나의 인간관계 3원칙

우리는 살면서 친인척, 학교 친구, 직장동료, 동호회 회원 등 다양한 인간관계를 유지한다. 좋은 인간관계를 유지하기 위해서는 많은 에너지와 경제적인 부담이 동반된다. 이제 직장도 은퇴하였으니 향후 나의 여생에 꼭 필요한 관계만 유지하고 의미가 적은 관계는 자연적으로 정리가 될 것이다. 이제 직장인으로서의 사회인은 아니기 때문에 의미 없는 만남, 의례적인 만남, 불편한 만남은 정중히 거절한다. 나는 사람들과의 인간관계를 함에 있어서 나름대로 몇 가지 원칙을 정해두고 있다. 내가 인간관계를 할 때 적용하는 나만의 세 가지 원칙이다.

⏐ 나의 인간관계 3원칙

〈제1원칙〉 오는 사람 막지 않고, 가는 사람 붙잡지 않는다

직장에서 인사이동 시기가 되면 사람들이 자리를 옮긴다. 인사 발령이 나면 사람도 오기 전에 그 사람의 평판부터 먼저 오기 때문에, 좋은 평판의 직원을 당겨가기 위해 부서 간 경쟁이 치열해진다. 조직은 일을 통해서 평가를 받게 되는 곳이고, 일은 사람이 하는 것이므로 좋은 직원을 데려가고 싶은 마음을 십분 이해한다. 만일 내가 A라는 부서를 책임지고 있는데, 평판이 좋지 않은 직원이 A 부서를 희망한다면 어째야 할까? 나는 거부하지 않고 모두 받아들였다. 평판이 극히 나쁜 직원은 팀워크를 해친다는 이유로 모든 부서에서 기피하는 직원도 있었지만 나는 기꺼이 받아들인다. 내가 이렇게 하는 이유는 나의 인간관계 제1원칙 때문이다. 나는 내가 직접 경험하지 않는 사람에 대해서 주위 평판으로만 판단하는 것을 극도로 경계하는 사람이다. '악당이 모든 사람에게 악당은 아니다.'라고 나는 생각한다. 내가 오는 사람을 가리지 않는 이유이다. 마찬가지로 가는 사람도 붙잡지 않는다. 우리 부서에 꼭 필요한 인재라 할지라도 붙잡지 않았다. 왜냐하면 가는 사람을 붙잡는 것은 내 스타일을 구기는 것 같은 느낌이 들기 때문이다.

"오는 사람 막지 않고, 가는 사람 붙잡지 않는다."
내가 사람을 대하는 나의 인간관계 첫 번째 원칙이다.

〈제2원칙〉 있을 때 잘하자, 최소한 적은 만들지 말자

유행가 노래도 있지 않은가? "있을 때 잘해." 대부분의 사람들도 그렇겠지만 나도 직장의 근무처 또는 동호회 모임 등을 옮기면 현재에 있는 사람에게 최선을 다해서 집중하는 스타일이다. 현재 같이 있는 사람에게 모든 에너지를 쏟기 때문에 이전의 사람들에게 내가 먼저 연락하는 경우는 드물다. 왜냐하면 지금의 인간관계에 신경 쓰는 것만으로도 벅차기 때문이다. 또한 인간관계를 하다 보면 모든 사람들과 잘 지낼 수는 없다. 나와는 결이 완전히 반대라서 주는 것 없이 미운 사람도 있다. 하지만 미운 사람들에게 나의 싫은 감정을 표현하지 않는다. 어쩌면 내 성격상 표현 못 한다는 말이 맞을지도 모른다. 이건 내가 평소에 품고 있는 '비록 우군은 아닐지라도 적은 만들지 말자.'라는 나의 소신 때문일 것이다. 오는 사람은 오게 두고 가는 사람은 가게 하지만, 같이 있는 사람에게 최선을 다한다.

"있을 때 잘하자. 최소한 적은 만들지 말자."
내가 사람을 대하는 나의 인간관계 두 번째 원칙이다.

〈제3원칙〉 떠날 때는 쿨하게 떠나자. 비루하게 굴지 말자

만남이 있으면 언젠가는 헤어지기 마련이다. 인간관계에서 만남은 매우 중요하다. 하지만 헤어짐은 더 중요하다. 헤어질 때 좋게 헤어져야 하기 때문이다. 그래서 '박수 칠 때 떠나라.'라고 하는지도 모른다. 이순신 장군의 시로 많이 알려진 한시가 있다.

"대장부가 세상에 나서 쓰이면 목숨을 다해 충성할 것이요, 쓰이지 못하면 농사짓는 데 만족하리라." 같이 있을 때 자신의 쓰임대로 최선을 다하고 헤어지면 깔끔히 잊고는 새로운 삶을 개척해야 한다. 나는 현 직장을 은퇴할 때, 두 번 다시 직장 주위를 얼씬거리지 않겠다고 다짐했다. 과거의 인맥 주위를 어슬렁거리는 것은 쿨하지 못하고 비루해 보일 것 같아서이다. 사랑도 마찬가지다. 자신의 모든 것을 바쳐가며 열렬히 사랑하다가 인연이 깨어지면 쿨하게 떠나는 게 아름답지 않은가. 오는 사람은 오게 두고 가는 사람은 가게 하지만, 같이 있는 사람에게 최선을 다해 잘하자. 그러다가 헤어질 때가 오면, 비루하게 굴지 말고 쿨하게 떠나자.

"떠날 때는 쿨하게 떠나자. 비루하게 굴지 말자."
사람을 대하는 나의 인간관계 세 번째 원칙이다.

인간관계에서 만남과 헤어짐은 일상적으로 일어난다. 만났을 때 내가 어떻게 행동해야 하는지, 헤어질 때 내가 어떤 모습을 보여야 하는지 하는 것은 정말 중요한 인간관계 기술이다. 최선을 다하되 헤어질 때는 쿨하게 되돌아서는 것. 내가 인간관계를 하는 방법이다.

'현재' 또는 '지금 이 순간'을 산다는 것은
어떤 의미인가

우리는 삶을 과거, 현재, 미래로 구분한다. 우리는 과거를 추억하기도 후회하기도 하고, 미래를 희망하기도 불안으로 걱정하기도 한다. 하지만 과거는 이미 지나가 버린 삶이며, 미래는 아직 다가오지 않은 삶이다. 지나가 버린 과거를 우리는 바꿀 수 없으며, 다가오지 않은 미래도 우리는 통제할 수 없다. 우리가 통제하면서 살아갈 수 있는 삶은 오직 '현재' 즉, '지금'뿐이다.

그래서 삶은 오직 '현재'에서 이루어진다. '현재'에 깨어 있지 못하고 흘려보낸 시간은 방금 전의 '미래'였으며, 죽은 '과거'가 된다. 우리는 오직 현재만을 살 수 있기 때문에 '지금 이 순간'이 특별한 것이다. 왜 우리에게 현재, 지금이 중요한 것인가?

| '현재' 또는 '지금 이 순간'을 산다는 것은 어떤 의미인가

과거의 영광을 자랑처럼 늘어놓을 때, 현재의 처량함은 더욱 깊어진다

현재와 미래를 이야기하는 대신에 과거 이야기를 자주 하는 사람들이 있다. 내가 학교 다녔을 때, 내가 젊었을 때, 내가 직장 다닐 때…. 이런 분들의 이야기를 들을 때 나에게 드는 솔직한 심정은 과거의 대단함에 대한 존경심이 들기보다는 현재의 처량함을 보는 것 같아 안타까움이 밀려온다.

왜냐하면 과거의 영광 경험이 현재 삶의 지혜로 설명되지 못하고, 단지 자랑거리로서만 허공에 흩뿌려지는 것으로 보이기 때문이다. 따라서 그런 분들의 과거 영광에서 나는 배울 것을 찾지 못한다. 과거에 묻혀 있는 녹슨 트로피의 처연함만 드러날 뿐이다.

과거의 영광이 오늘의 초라함을 덮어주진 않는다. 오히려 자랑을 늘어놓을수록 처연함이 더 깊어진다. 우리는 과거가 아닌 현재를 이야기할 수 있어야 한다. 과거의 영광은 현재의 행위를 설명해 주는 백 데이터로만 이야기되어야 한다. 과거의 영광은 과거에 묻어두어야 한다. 중요한 것은 현재이다.

과거 이야기가 아니라 '현재의 자기 이야기'를 할 때, 공감과 울림을 준다

사람들이 모이면 많은 시간을 대화하며 보낸다. 서로 많은 시간을 웃고 떠들었지만 집에 돌아오면 왠지 공허하게 느껴진다. 왜 이런 생각이 들까? 진심이 담긴 '자기 자신의 이야기'가 없기 때문이 아닐까?

정치, 뉴스, 가족, 친구, 자녀, 부모 등의 이야기는 하면서 자신의 고민이나 꿈, 자신이 살아가고자 하는 삶의 방향, 사회적 이슈에 대한 나의 입장 등은 잘 이야기하지 않는다. 그래서 한나절 동안 모여서 술과 차를 마시며 떠들었지만, 상대방을 더 깊이 알지 못한 것 같아 공허하고 상대의 이야기를 통해서 내 생각을 고양하지 못해서 씁쓸하다.

이제부터라도 서로 대화할 때 '당신의 이야기'를 듣고 '나 자신의 이야기'를 서로 하면 어떨까? 타인을 이야기하기보다는 지금 이 순간의 '자기 이야기'를 할 때, 우리는 서로 공감과 울림을 주고받는다.

정말 쓸데없는 일은 '미래의 일을 오늘 걱정하는 것'이다

세계여행 중에 내일 탄자니아로 간다고 하니 가족이나 친구들이 *"조심하라."*라며 걱정했다. 그들의 걱정을 충분히 이해하고 고마움을 느꼈지만 나는 미리 걱정하지 않기로 했다. 불안과 두려움은 기대와 설렘과도 맥이 통한다. 리스크가 없다면 얻을 수 있는 것도 크게 없다.

미래의 일을 미리 걱정하는 것은 자기의 현재 인생을 좀먹는 것이고 자신을 미리 피폐하게 만든다. '지금'만이 오직 존재하는 것이니 자신의 마음을 열고 '지금의 빛'을 온전히 받아들이며 만끽하는 것, 이것만이 정답이다.

그냥 건성건성 살아지도록 하지 말자. 현재는 두 번 다시 오지 않는다

세계여행을 하다가 지나가는 사람들과 풍경을 가만히 바라보면서 이런 생각이 들었다. 지금 보고 있는 풍경도 내 일생 처음. 오늘 눈 맞춤 한 사람도 내 일생 처음. 앞으로 두 번 다시 내 일생에서 다시 볼 수 없는 사람들과 풍경들이란 생각이 들면서 갑자기 모든 풍경들이 소중하게 다가왔다.

그때, 스스로 이런 다짐을 했다. 지금 내가 보고 느끼는 것을 만끽하자. 건성건성 보면서 흘려보내지 말자. 삶이 흘러가게 내버려두지 말고 삶을 살아가도록 하자. 왜냐하면 이 순간은 두 번 다시 반복되지 않을 것이므로.

미래의 목표가 뚜렷할수록 현재의 과정이 흐릿해지지 않도록 주의한다

세계여행 계획을 짜면서 내가 염두에 둔 것은 계획은 짜되 '꼭 계획대로 쫓아가지는 않겠다.'라고 생각했다. 큰 줄기의 목표는 세웠으나 과정을 무시하지 않겠다는 생각 때문이었다.

목표는 미래의 영역이고 과정은 현재의 영역이다. 우린 보통 어떤 목표를 세운 후에 그 목표를 향해 달려간다. 목표에 최단 거리로 도달하기 위해서는 목표를 주시해야 한다. 목표에서 시선을 떼는 순간 진행 방향이 틀어질 수 있기 때문이다. 이렇게 되면 과정에 시선을 고정시킬 수 없게 된다.

내일 직장에서 해결해야 할 목표 때문에 오늘 가족들과의 오붓한 저녁 시간에 집중하지 못하고, 진해의 벚꽃 축제 현장으로 차를 몰아 달리는 순간에는 도로변에 만개해 있는 꽃들을 보지 못하는 것이다. 목표가 뚜렷하면 뚜렷할수록 과정은 흐릿해지고 생략될 가능성이 크다. 그렇게 되면 '현재에 깨어 있는 삶'이 불가능하다.

즉 목표가 너무 뚜렷하면 과정이 무시되는 부작용이 생기기 쉽다. 그래서 목표는 언제든 수정 가능하게 두는 게 좋고, 새로운 목표로 대체될 수 있는 유연성이 있어야 한다. 목표가 있어야 하는 것은 맞지만, 집중해야 할 대상은 '현재'이며 '과정'이다. 우리의 삶은 오직 '현재'에만 존재하기 때문이다.

'지금 이 순간'에 나의 의식이 깨어 있어야만, 현재를 살고 있는 것이다

해외에서 세계여행을 하다 보면 내가 '현재에 살고 있다.'라는 느낌을 강하게 받는다.

비행기 환승 시 다른 승객들의 움직임과 안내판을 살피고, 입국심사에서는 심사관의 표정과 질문에 주목하고, 공항에서 대중교통 탑승에 온 신경을 집중시키며, 호텔 데스크 직원의 눈빛과 말에 귀를 기울이고, 트레킹 도중 흐르는 땀을 의식하고 시원한 바람을 느끼며, 거친 숨소리와 왼쪽 무릎의 상태 변화를 의식하며, 먹을 음식을 주문하기 위해 메뉴판을 꼼꼼히 읽고, 홀로 식사를 해결하기 위해 가게를 스캔하며 걷고, 혹시 위험 상황에 대비하기 위해 주변을 두리번거리는 상태.

이런 상태가 지금의 순간에 깨어 있는 것이 아닐까?

지나간 과거의 영광을 되돌아볼 여유도 없으며, 먼 미래의 계획이나 걱정조차 용인되지 않는 상태. 현재에 닥쳐 있는 내 삶이 너무 급박해서 다른 잡생각이 전혀 올라오지 않는 상태. 이러한 상태가 현재를 사는 것은 아닐까?

현재에 깨어 있지 못한 상태에서 습관적이고 루틴한 일상을 보내고 있으면 하루가 무척 지루하게 느껴진다. 하지만 한 달, 1년은 얼마나 빨리 지나가는지, 마치 쏜 화살처럼 느껴진다. 그러다가 낯선 곳으로 여행을 떠나보면 하루가 무척 정신없이 느껴지는데, 한 달, 1년은 엄청 길게 느껴지는 것 같다.

요즈음 나의 일상은 운동, 독서, 블로그 글쓰기로 아주 단순하고 루틴하다. 하지만 지루하다는 느낌은 없다. 아마도 운동, 독서, 글쓰기는 현재에 깨어 있어야 가능한 것들이기 때문인 것 같다. 나는 지금 이 순간을 즐기면서 현재를 살아가는 지금의 생활이 행복하다. 이렇게 행복해도 되나 싶을 정도로. 나의 현재의 행복한 일상이 깨어지지 않기를 바랄 뿐이다.

삶에서 '끌어당김의 법칙'은
실재하는가

론다 번의 유명한 책 《시크릿》에는 '끌어당김의 법칙'이 나온다. 마음으로 원하는 것을 생각하고 그 생각이 마음에 가득하게 할 수 있다면, 그것이 우리의 인생에 나타난다는 것이다. 생생하게 마음으로 그릴 수만 있다면, 우주의 기운들이 당신에게 몰려올 것이고, 그러면 당신의 생각은 현실이 된다는 이론으로 전 세계적으로 선풍적인 인기를 누렸던 책이다.

이러한 믿음을 바탕으로 긍정 마인드를 잃지 않기 위해 매일 감사일기를 적는 분도 있고, 자신의 꿈을 매일 백 번씩 노트에 필사하는 분도 있다. 이러한 노력들이 실제로 변화를 일으킬 수 있을까?

| 삶에서 '끌어당김의 법칙'은 실재하는가

나는 이 이론을 100% 믿는다. 자신이 도전적인 일을 하고자 할 때, 실현될 것이라고 강력히 믿고 행동하면 실제로 그 일은 실현이 된다고 믿는다. 내가 살면서 경험해 보았기 때문이다.

나는 은퇴 후 세계 일주를 가지 못할까 봐 의심한 적이 없다

나는 은퇴 후에 세계 일주를 가겠다고 생각하고 실행하기 10년 전부터 가족에게 이야기했다. 그때는 가족들도 긴가민가했을 것이다. 하지만 나는 못 갈지도 모른다는 부정적인 생각은 단 한 번도 하지 않았다. 내성적이고, 해외여행 경험 없고, 영어로 대화 한마디 못 하는데도 그것이 나에겐 아무런 걸림돌이 되지 않았다. 10년 전부터 당연히 가는 것으로 생각해 왔던 세계여행이었기에, 때가 되었을 때 오히려 가지 않는 것이 더 이상할 정도였다. 나의 세계여행의 꿈은 그렇게 실현되었다.

'된다, 된다.' 하면 진짜 되고, '안 된다, 안 된다.' 하면 진짜 안 된다

오래 산 것은 아니지만, 60년쯤 살아보면 알게 되는 것이 있다. '된다, 될 것이다.'라고 주문을 외면 진짜 되고, '안 된다, 안 될 것 같다.'라는 생각을 자주 떠올리면 진짜 안 된다는 것이다. 앞서 살았던 여러 선각자들이 주장했던 내용이고, 마치 이것은 우주의 법칙이란 생각도 든다.

'된다. 할 수 있다.'라는 긍정적인 생각을 자주 되뇌면 긍정적인 우주의 기운이 딸려 옴을 느낀다. '해결할 수 있다.'라는 생각을 자꾸 떠올리면 꿈속에서도 해결책을 얻기도 한다. 어떤 문제를 생각하다가 잠이 들었는데, 꿈을 꾸다 잠깐 깬 새벽에 갑자기 해결책이 떠오르는 경우도 있었다. 다시 잠들면 다음 날 아침에 그 내용이 다시 떠오르지 않기에, 잊어먹기 전에 휴대폰에 메모를 해두고 다시 잠이 든다. 다음 날 휴대폰의 메모장을 열고 내용을 확인해 보면 신기하게도 딱 들어맞는 해결책이었다. 나는 개인적으로 이런 경험을 여러 번 했다.

만일 어떤 일을 추진하는 데 '안 된다. 안 될 것 같다.'라는 생각이 자꾸 들면 '안 되는 이유'만 계속 딸려 온다. 우리가 어떤 방향으로 생각의 주파수를 맞추느냐에 따라 그 주파수에 상응하는 우주의 기운이 딸려 오는 것이다. 이것은 우주의 법칙이며 삶의 시크릿임이 분명하다.

긍정적으로 스스로 움직이는 사람을 세상은 도와준다

세계여행을 하면 많은 어려움을 겪는다. 나는 9개월 해외여행에서 많은 사람들의 도움을 받았다. 나 스스로의 지레짐작으로 포기하지 않고 사람들에게 내가 먼저 다가가서 말을 꺼내보면, '세상 사람들 모두 친절하게 나를 도와주었다. 세상에는 좋은 기운도 있고 나쁜 기운도 있다. 내가 마음을 닫고 먼저 다가가지 않았다면 어떠한 기운도 받지 못했을 것이다. 하지만 긍정적으로 마음을 열고 다가가면 세상의 좋은 기운들이 나에게 반응했다. 마음을 열고 먼저 다가간다면 분명 기대 이상의 무언가가 딸려

올 것이다.

마인드 컨트롤로 뇌를 속여라. 어려운 일도 덜 힘들게 느껴진다

나의 도전 목표 중에 '바다 수영 하기'란 항목이 있다. 그래서 새벽 6시에 시작하는 수영을 배운 적이 있다. 하지만 나에겐 수영이 정말 힘들다. 어떨 땐 물과 나는 상극이 아닐까라는 생각이 들 정도다. 그러다 보니 새벽에 일어나는 일이 무척 힘들었다. 약간의 핑곗거리라도 있으면 빼먹곤 했다.

그런데 마인드 컨트롤을 시작하면서 새벽에 일어나는 것이 조금 수월해졌음을 느낀다. 매일 저녁에 잘 때, 마음속으로 외친다. '내일 즐거운 수영을 간다. 우와, 기분 좋다. 빨리 자자.' 새벽에 눈 뜰 때, 마음속으로 외친다. '즐겁게 수영하러 갈 시간이네. 바다 수영아, 기다려라. 내가 간다.' 이런 식이다. 그런데 정말 효과가 있다. 현실과는 달리 생각만 바꾸었을 뿐인데, 새벽에 수영하러 일어나는 것이 훨씬 덜 힘들었다.

긍정적인 방향으로 생각을 일으키고, '잘될 것이다.'라고 굳게 믿고 스스로 움직이면, 세상과 우주의 좋은 기운들이 당신에게 딸려 올 것이다. 100킬로 무박 산행, 세계 일주 여행 출정, 산티아고 순례길 1400킬로, 스카이다이빙, 번지 점프, 킬리만자로와 안나푸르나 ABC 등정 등은 모두 '잘될 것이다.', '할 수 있다.'라는 긍정 확언의 힘이 컸다. 믿음을 가지고 두드리기만 하면 마침내 열릴 것이다.

힘, 권위, 품격, 아우라는
어디에서 나오는가

나도 별의별 인간들 중의 한 명이지만, 살다 보면 별의별 사람들이 많다. 사람들 중에는 인간 말종 같은 사람도 있고, 본받고 싶을 정도로 권위나 아우라가 느껴지는 사람도 있다. 힘, 권위, 품격, 아우라가 느껴지는 사람들은 대체 어떤 자질을 가지고 있는 것일까?

▎힘, 권위, 품격, 아우라는 어디에서 나오는가

자신에게 솔직함과 상대에게 진정성

솔직함은 상대가 아니라 자기 자신에 대한 솔직함이다. 나는 당당함의 원천은 '자신에게 솔직함'에서 나온다고 생각한다. 숨기지 않고 숨길 게 없는 솔직함에서 내공의 힘은 생긴다. 진정성은 상대에 대한 진심과 배려를 담은 솔직함이라 할 수 있다. 진심과 배려가 없는 솔직함은 폭력에 가까울 수 있다. 솔직함에서 오는 당당함과 상대를 배려하고 존중하는 진정성에서 품격이 드러난다.

배려의 따뜻한 시선

사람은 사회적이면서도 관계적 동물이다. 이런 맥락에서 타인을 배려하는 행위는 매우 중요하다. 배려하지 않는 인간은 배려받을 가치도 없다. 오래전에 돌아가신 부친이 술 한잔 걸치면 항상 했던 말이 있었다. "있는 *사람 사정은 몰라도, 없는 사람 사정은 알아야 한다.*"였다. 나는 이것을 어렵고 힘든 사람에 대한 '따뜻한 시선'으로 정의한다. 따뜻한 시선을 가진 사람에게서 나는 품격을 느낀다.

용기 그리고 그윽한 눈빛과 지긋한 응시

인간은 본능적인 방어기제로 두려움을 느낀다. 두려움을 느끼지 못하고 하는 행동은 무모함에 가깝다. 두려움 속에서도 한 발짝 앞으로 내딛는 것이 '용기'이다. 그래서 용기는 비겁함과 무모함 사이의 어디쯤에 있다고 말한다. 비겁함에 붙거나 모른 척 눈감는 사람은 비루하다. 나는 하수와 고수를 구분할 때 '눈빛'으로 구분한다. 하수의 눈빛은 피하거나 흔들린다. 하지만 고수의 눈빛은 그윽하며 지그시 응시한다. 피하거나 흔들리는 눈빛에서는 아우라를 느낄 수 없다.

청빈한 생활과 감사하는 마음

고급 주택, 비싼 차, 명품 백에서 품격이 나오는 것이 아니다. 자기 이익을 챙기고 욕심내는 사람에게서도 품격은 나오지 않는다. 욕심내지 않고 남들과 더불어 사는 청빈함에서 품격이 발견된다. 또한 행복은 감사함에서 나온다. 매사에 감사하는 마음을 가지고 있는 사람은 행복한 얼굴을 하고 있다. 행복하지 않은 사람에게서는 아무것도 기대할 것이 없다.

올바른 걸음걸이와 태도

젊었을 때는 잘 몰랐는데, 나이 들면서 올바른 자세의 중요성을 느낀다. 걸을 때, 앉아 있을 때, 인사할 때, 식사할 때, 청소할 때 등. 요즘은 나도 올바른 자세와 태도를 갖추려고 의식적으로 신경 쓴다. 경박스러운 자세와 태도에서 품위가 생길 수 없다.

우직한 고집스러움과 쉽게 꺾이지 않는 마음

나는 좌고우면하지 않고 우직하게 자기의 길을 뚜벅뚜벅 걸어가는 사람을 존경한다. 주위에서 떠들든 말든, 자신만의 확신을 가지고 미친 듯이 집중하고 몰입하는 모습은 정말 아름답다. 또한 큰 실패와 좌절을 겪고서도 툭툭 털고 일어나는 사람들. 시련 속에서도 다시 고개를 들고 방향을 모색하는 사람들. 밑바닥까지 떨어져도 되튀어 오르는 마음의 근력을 가진 사람들. 이들은 존경스럽고 아름답기까지 하다.

힘과 권위, 품격과 아우라가 느껴지는 사람의 자질에 대해서 내 나름대로 정리를 해보았지만, 내가 정리한 모든 것을 아우르는 유명한 문장이 있다.
"소리에 놀라지 않는 사자처럼, 그물에 걸리지 않는 바람처럼, 진흙에 더럽히지 않는 연꽃처럼, 무소의 뿔처럼 혼자서 가라."
무소의 뿔처럼 혼자 뚜벅뚜벅 걸어가는 사람에게서 힘과 권위, 품격과 아우라를 나는 느낀다.

사회 첫발을 내딛는 후배가
나에게 조언을 부탁한다면

1989년 4월 21일 출근 첫날. 어려운 형편에도 부모님이 사 주신 감색 양복을 입고 지각할까 두려워 집에서 일찍 나오는 바람에 사무실에 너무 빨리 도착해서는 바로 들어가지 못하고 주변에서 배회하다가 출근 시간 맞춰 사무실로 들어갔다. 그날 첫 발령을 받은 동기들과 같이 철제 의자에 앉아서 호기심 가득한 눈빛으로 서로를 보던 때가 엊그제 같은데, 돌이켜 보면 34년의 세월이 너무 빠르게 지나갔다. 어느 날, 갓 입사한 후배가 나에게 찾아와서 *"선배님! 저에게 직장 생활 조언을 좀 해주세요."*라고 한다면 나는 어떤 말을 해줄 수 있을까?

사회 첫발을 내딛는 후배가 나에게 조언을 부탁한다면

당장 때려치우지 않을 거면 그 속에서 성장할 방법을 찾으세요

하루하루를 도살장으로 끌려가듯 살지 마세요. 계속 그럴 거면 당장 때려치우는 게 낫습니다. 그만두지 않을 거면 그 속에서 자기를 성장시킬 방안을 찾으세요.

어려움 또는 문제는 가능한 정면 돌파 하십시오

어려움을 돌파하는 데는 두 가지 방법이 있습니다. 못 본 척 무시하든가 아니면 정면 돌파 하든가. 내 경험상, 정면 돌파 전략이 후유증이 훨씬 적습니다.

매년 수첩을 당신의 인생 기록장으로 활용하십시오

1년 동안 수행해야 할 버킷리스트, 업무사항, 생각 모음, 제안이나 아이디어 등을 수첩에 모두 기록하세요. 이제 당신 수첩은 당신의 치열했던 1년간의 기록 유산이 됩니다.

직장 내에서 본받을 만한 멘토를 구하세요

진심으로 자신의 멘토가 되어줄 것을 요청하십시오. 그리고 멘토를 본받도록 노력하세요. 당신의 멘토는 직장뿐 아니라 인생의 멘토가 되어줄 것입니다.

규정을 먼저 찾아 확인하는 습관을 들이세요

업무적으로 궁금한 것이 있으면 선배 또는 동료에게 물어볼 수는 있습니다. 하지만 사후에라도 규정이나 지침을 반드시 확인해야 합니다. 정확히 모르는 선무당이 나중에 사람 잡을 수 있습니다.

자신에게 엄격한 도덕적 기준틀을 세우고 적용하십시오

비록 손해를 보더라도 도덕적으로 지켜야 할 것을 정하고 당신의 원칙을 훼손하지 않도록 노력하십시오. 자신에게는 엄격하게 하되 남에게는 관대하게 용서하시기 바랍니다.

만고불변의 진리 '자신이 뿌린 대로 거둔다.'를 꼭 기억하십시오

세상에 공짜는 없습니다. 당신이 받는 것보다 많이 일한다면, 언젠가는 일한 것보다 많이 받게 될 것이라는 믿음을 가지십시오.

직장 생활에서 적을 만들지 마십시오

한 명의 적은 열 명의 우군보다 더 치명적입니다. 특히 여직원에게는 더 잘해주십시오. 여직원들 입에 오르내리는 직원치고 출세한 사람 없습니다.

동료, 선배 중 뒤처지는 직원은 도와주십시오

이들이 있음으로 인해서 자신이 빛날 수 있다는 사실을 기억하세요. 도움을 요청받았을 때 시간이 없다고 말하지 마세요. 대부분은 시간이 아니라 마음이 없어서 거절합니다.

긍정적인 생각으로 직장의 경영활동에 적극 참여하십시오

그때 한번 마주한 작은 인연이 당신이 평생 감사하게 될 백마 탄 기사가 될 수도 있습니다.

삶 자체가 문제의 연속이고, 해결책도 반드시 자신 속에 있습니다

어려운 일이 생기더라도 외부의 탓으로 돌리지 마시고, 문제 해결의 키는 당신이 쥐고 있으니 스스로를 변화시키십시오.

'고객이 왕'인 시대에 살고 있습니다. 항상 친절하십시오

막무가내형 고객들을 설득할 수 있는 자신의 논리를 개발하고 평정심을 잃지 않도록 자신의 내공을 단련시키십시오. 개는 사람을 물 수도 있지만 그렇다고 사람이 개를 물 수는 없기 때문입니다.

일주일에 한 권 이상 책을 읽고 노트에 정리하십시오

(모든 조언 중에 이것이 제일 중요할 수도 있습니다) 직장 또는 삶의 해결책은 책 속에 다 있습니다.

자기 계발을 위한 노력을 게을리하지 마세요

담당 업무 외에 전산, 어학, 취미 등을 꾸준히 연마하십시오. 이것들은 당신의 인생을 더욱 풍요롭게 할 것입니다.

인생은 1~2년으로 결판나는 승부가 아니다. 주위의 변화에 너무 조급하게 생각하지 말고 당신의 수첩에 매년 새롭게 적혀질 버킷리스트 목록을 따라 우직이 나아가다 보면, 30년 후, 마지막에 웃을 수 있는 당신의 삶이 될 것임을 확신한다. 보기 좋은 미소는 마지막에 웃는 자의 미소이다.

삶이 힘든 사람이
나에게 조언을 부탁한다면

살다 보면 누구나 어려움을 겪게 되고 나도 지나온 삶을 돌아보면 순간순간 힘들었던 시기가 더러 있었다. 바닥을 모를 깊은 늪에 빠져 허우적거리거나 힘들어서 더 이상 절망할 기력조차 없는 누군가가 내 주변에서 힘들어하고 있다면, 나는 그에게 어떤 조언을 해줄 수 있을까?

| 삶이 힘든 사람이 나에게 조언을 부탁한다면

삶을 힘들어하는 누군가가 나에게 묻는다면 내 조언은 딱 한 가지다.

"걸어라! 빡세게."

힘든 시기에는 많은 스트레스를 받는다. 대개 어려움은 단독으로 오지 않고 한꺼번에 몰려온다. 엄청난 스트레스가 '머리' 쪽에 집중된다. 불안, 두려움, 걱정, 분노 등의 모든 스트레스 유발 감정들이 머리에 머무는 것이다. 이런 불안 감정들이 꼬리에 꼬리를 물고 머릿속에서 증폭되다가 결국에는 머리가 터져버리는 사람도 있다. 자살하는 것이다. 이때 필요한 것은 증폭되는 생각을 멈추게 해야 한다. 생각을 멈추고자 할 때 제일 좋은 방법이 '몸을 움직이는 것'이다.

좀 더 정확히 말하면, 몸을 움직이는 정도를 넘어서서 몸을 '힘들게' 해야 한다. 뛰어보면 우리는 금방 알 수 있다. 거친 호흡, 터질 듯한 심장, 발목과 종아리의 긴장 외에는 다른 것을 생각할 수 없다. 예전에 나는 직장 생활로 힘들어할 때, 백두대간이나 장거리 산행을 하면서 당시의 스트레스를 견뎠다. 다시 말해서 머리에 있는 생각을 배꼽 밑으로 내려야 한다. 정말 견디기 힘든 순간에는 '걷는 것'보다 좋은 처방은 없다.

살다 보면 어려운 일들이 종종 생기는데 오랜 기간 살다 보니 어려풋이 느낀다. '모든 것은 *지나가기 마련이고, 지나고 보면 아무것도 아닌 경우가 많다.*'라는 것을.

하지만 힘든 일을 겪는 순간만큼은 죽을 맛인 경우가 많고, 이런 사람에게 "모든 것은 *지나가기 마련이다.*"라는 조언은 도움이 되지 않는다. 그렇다고 내가 그 짐을 대신 져줄 수도 없는 것이기에 오로지 스스로 감당하도록 지켜볼 수밖에 없는 경우가 많다. 그럴 땐 옆에 다가가서 조용히 같이 있어주거나 자신의 시간을 내어주면 어떨까. "우리 내일 산이나 같이 갈까?" 말하면서.

내가 생각하는
리더의 자질

직장의 성격에 따라 조금씩 다르겠지만 나의 직장에서는 크게 세 가지 어려움이 있었다. 노·사가 대립하는 시기에 겪는 '노사 문제', 어느 조직이든 중요한 문제인 '소통 문제', 그리고 인사 시기에 겪는 부서 간 '인력 배분 문제'였다. 이런 문제들은 예민해서 주의 깊게 살펴보지 않고 처리했다가는 혹독한 대가를 치를 수도 있다. 조직의 책임자 또는 리더는 직원들의 의견을 경청하고, 진정성 있는 자세로 직원들의 이해를 구하고 설득해야 한다. 물론, 바탕에는 직원을 사랑하는 마음이 깔려 있어야 함은 당연하다.

일반적으로 관리자와 리더는 조금 다르다. 관리가 사람과 사람, 사람과 일 사이에서 발생할 수 있는 문제들을 조정하거나 유연하게 움직이게 하는 일련의 과정이라면, 리더는 시시때때로 변화하는 경영 환경에 따라 미래를 예측하고 조직을 미래의 비전에 맞게 정렬시키며, 장애를 극복하고 비전을 성취하도록 인도해 나가는 사람이다. 리더에게 요구되는 자질은 처한 상황에 따라 다르겠지만, 내가 근무했던 직장 경험을 바탕으로 내가 생각하는 리더의 자질에 대해 생각해 보고자 한다.

│ 내가 생각하는 리더의 자질

리더는 질질 짜지 않는다. 한계를 뛰어넘는 사람이다

직장에서 인사·전보 시기가 되면 팀 간, 부서 간 인력 조정·배분 문제로 한바탕 홍역을 치른다. 문제 직원은 우리 부서에서는 절대 못 받겠다든가, 팀의 애로사항을 호소하면서 인력 증원을 요구하는 등 간부들은 원하는 직원을 서로 당겨오기 위해 싸운다. 물론 좋은 직원과 같이 일하고 싶어 하는 간부의 마음은 이해한다. 그런데 일부는 전체적인 안목에서 보지 못하고 자기 부서에 매몰된 시각에서 특정 직원 또는 인력을 요구하기도 한다.

100%의 전력으로 목표를 달성하는 것은 누구나 할 수 있다. 그러나 진정한 리더는 다르다. 리더는 어려움만을 한탄하며 변명하지 않는다. 리더는 어려움 속에서도 반전의 기회를 모색한다. 리더는 70~80%의 전력으로 한계를 뛰어넘는다. 과거의 역사가 우

리에게 주는 교훈이 하나 있다. 어려운 시기에 우리는 단합하고 태평한 시기에 우리는 흩어진다. 당신이 진정한 리더라면 뭔가 부족하고 어려운 상황을 받아들일 수 있어야 한다. 어려운 상황을 팀원이 결속하는 계기로 만들어야 한다. 어려움 속에서도 반전의 발판을 마련하는 것이다. 제발 질질 짜지 말자. 리더의 자질은 그런 것이 아니다.

리더는 독특한(?) 직원도 기꺼이 받아들인다

리더는 '예스맨'만 좋아하지 않는다. 리더는 독특하면서도 괴팍한 직원의 필요성도 긍정한다. 물론, 이런 부류의 직원들은 자기주장이 강해서 상대방의 이야기에 수시로 태클을 걸고, 이기적 행동으로 팀 분위기를 흐려놓을 때도 있으며, 비협조적인 성향으로 직원들과 갈등을 일으키기도 한다. 하지만 진정한 리더는 이러한 직원을 긍정적으로 포용한다.

이러한 부류의 직원들이 존재하기 때문에 리더는 발생할지 모를 반대에 한 번 더 숙고할 시간을 가지며, 리더는 자기의 선택에 대한 반대 의견을 들을 기회를 가질 수 있다. 이런 직원들이 마음을 바꿔서 리더 또는 팀원과 호흡을 맞추기 시작하면 독특하면서도 창의적인 아이디어를 팀에 제공하기도 한다. 따라서 타 팀에서 받기를 꺼려하는 독특한(?) 직원이 있다면, "그리하시면 저희 부서에 데려가겠습니다."라고 기꺼이 응하라. 내가 진정한 리더인지 시험해 볼 수 있는 소중한 기회이다.

리더의 소통은 말이 아닌 행동으로 한다

힘들어하는 직원이 있으면 행동으로 도와주어야 한다. 직접 도움을 못 주면, 다른 직원에게 부탁해서라도 해결해 주어야 한다. "요즘 힘든 것 없나요?", "내가 도와줄 일이 없나요?" 등 이런 말들을 자주 하라. 직원들이 제일 듣기 좋아하는 말이다. 열 명 중 여덟아홉 명은 "괜찮습니다."라고 답할 것이고 한두 명은 애로사항을 이야기할 수도 있다. 그러면 도와줄 방안을 찾으라.

리더는 자기 철학과 비전을 제시해야 한다

"나는 우리 부서(조직)를 이런 방향으로 운영하겠습니다." "이런 목표를 달성하면 럭셔리한 장소에서 럭셔리하게 한잔 쏘겠습니다." "간부님이 밥이나 술 드시고 싶으면 언제든 제가 사겠습니다. 대신에 팀원들이 밥이나 술 먹고 싶어 하면 간부님이 사주시길 당부합니다." 등의 자기 철학을 이야기해야 한다. 조직이 나아갈 방향, 인력 운영에 등에 대한 자기 철학과 비전을 말로 하든 이메일로 하든 분명히 밝혀야 한다. 리더가 모든 직원을 고삐 잡아서 끌고 갈 수는 없다. 리더의 철학과 비전을 이해하고 자발적으로 참여하게 해야 한다.

리더는 일을 중요시한다. 하지만 사람을 더 중요시한다

리더는 조직의 성과를 중요시 여긴다. 하지만 성과보다는 사람을 더 중요시한다. 기본적으로 조직은 일을 하기 위해 모인 곳이다. 하지만 일을 하는 것도 결국은 사람이 하기 때문이다. 일도 열

심히 해야 하지만 사람도 최선을 다해 섬겨야 하는 것이다. 언젠
가는 우리 모두 직장을 떠난다. 직원이 먼저 떠나든, 내가 먼저 떠
나든. 떠날 때, 마지막으로 나에게 남는 것은 일이 아니라 사람이
다. 일을 잃으면 다른 사람이 대신할 수 있지만, 사람을 잃으면 다
른 사람이 되찾아 주지 않는다.

일반적으로 리더십 이론 책에서 나오는 내용이 아니라 직장에 다닐
때 나름대로 고민했던 것들과 간부로 승진한 직원에게 어쭙잖게 조
언했던 내용 등을 참고해서 정리했다. 나에게는 첫 직장이면서 마지
막까지 근무한 직장인지라 한 번쯤은 정리해 보고 싶은 화두이기도
했다. 지은이가 서산대사 또는 이양연 선비라고도 하는 한시 한 편
을 내가 존경하는 상사가 나에게 보내주었다. 리더십의 최고봉을 보
여주는 한시이다.

답설야중거(踏雪野中去) 눈 내린 들판을 걸어갈 제
불수호란행(不須胡亂行) 발걸음을 함부로 어지러이 걷지 마라.
금일아행적(今日我行跡) 오늘 내가 걸어간 발자국은
수작후인정(遂作後人程) 뒷사람의 이정표가 되리니.

고수들은 어떤 자질을
가지고 있는가

내가 좋아하는 단어 중에 '고수'라는 말이 있다. 고수는 바둑이나 장기에서 수가 높은 사람을 일컫지만 인생에서도 수가 높은 사람들이 있다. 동양권에서는 고수와 하수로 대비되고, 서양권에서는 프로와 아마추어로 대비될 것이다. 고수 또는 프로들은 어떤 자질이나 특징을 가지고 있는 걸까?

| 고수들은 어떤 자질을 가지고 있는가

고수는 자기 자신을 잘 안다

소크라테스의 명언 중에 "너 자신을 알라."라는 말이 있고, 인문학적 성찰에서 제일 중요한 질문이 '나는 누구인가?'라는 질문이다. 그만큼 자기 자신을 잘 알기는 쉽지 않기 때문일 것이다. 자기 자신을 잘·알기 위해서는 벌거벗은 자신과 마주해야 한다. 자신의 부끄러운 기억들과도 정면으로 대면해야만 한다. 고수들은 벌거벗은 자신의 모습을 잘 알기 때문에 자신의 강점과 약점을 정확히 꿰뚫고 있으며, 자기감정의 흐름을 잘 알기 때문에 약점을 회피하고 강점을 드러내는 데 익숙한 사람들이다.

고수는 눈앞의 이익을 탐하지 않는다. 길게 그리고 전체를 생각한다

고수는 눈앞의 이익에 흔들리지 않는다. 더 멀리 앞을 보고 더 큰 전체를 생각하는 사람들이다. 고수는 자기의 이익을 포기하거나 줄임으로써 유형 또는 무형의 더 큰 이익이 자신에게 돌아온다는 것을 몸으로 체득하고 있는 사람들이다.

고수는 요란하지 않다. 침묵의 힘을 알고 있다

하수의 전형적인 특징이 경박함에서 나타나는 소란함이다. 고수의 말은 무겁다. 지그시 응시하는 침묵으로 말을 대신한다. 왜냐하면 고수는 '말의 가벼움'을 알고 있기 때문이다.

고수는 자기 인생의 주인으로 행세한다

고수는 자신의 속도로 길을 뚜벅뚜벅 걷는다. 남들의 인정이나 평가에 휘둘리지 않는다. 자신이 걷고 있는 방향에 대한 확신이 있기 때문에 이 세상의 모든 움직임이 자기를 중심으로 돌게 한다. 고수는 내 인생의 주인은 '나'임을 분명히 한다.

고수는 잘못을 인정하고, 책임을 기꺼이 짊어진다

고수는 변명하지 않는다. 타인의 잘못이 99이고 자신의 잘못이 1일 때조차도 자신의 잘못을 인정하고 책임을 기꺼이 지려 한다. 실수나 잘못에서 교훈을 얻기 위해서는 실수나 잘못을 먼저 인정해야 한다. 고수는 자신의 잘못을 인정하는 것뿐만 아니라, 타인의 잘못에도 내가 반성할 부분이 없는지를 성찰한다. 그리하여 책임질 부분은 기꺼이 받아들인다.

고수는 뒤를 보지 않고 앞을 보는 사람이다

고수도 넘어질 때가 있다. 하지만 뒤돌아보지 않는다. 툭툭 털고 일어나서 앞을 보며 발걸음 떼는 사람이다. 고수는 과거를 이야기하지 않는다. 미래를 이야기하면서 현재에 집중하는 사람이다. 과거는 과거일 뿐, 과거가 현재의 발목을 잡도록 두지는 않는다. 앞을 보고 큰 꿈을 그리는 사람이다.

고수는 강자에게 비굴하지 않고 약자에게 친절하다

고수는 이익을 탐하지 않으므로 비굴하지 않다. 고수는 욕심이 없으므로 약자를 배려한다. 고수는 이익을 탐하거나, 욕심을 부리지 않기에 어느 한편에 소속되어서 다른 편을 압박하지 않는다. 고수는 강자와 약자 모두에게 진심을 다해 친절하지만, 강자에게 비굴하게 행동하거나 말로서 아첨하지는 않는다.

> 내가 앞전 글에서 고수와 하수를 구분하는 기준은 '눈빛이다.'라고
> 말한 적이 있다. 살아 있는 눈빛, 흔들리지 않는 눈빛, 지그시 응시하
> 는 침묵의 눈빛, 그것이 바로 고수의 눈빛이다.

좋은 부부관계를 위해
서로 어떻게 해야 하는가

알랭 드 보통의 소설《낭만적 연애와 그 후의 일상》에 이런 이야기가 나온다. 결혼해서 부부로 살다 보면 "둘은 어떻게 만났어?" 이런 질문은 많이 하지만, "한동안 결혼 생활을 해보니 어떻던가요?" 하는 질문은 잘 하지 않는다고 한다.

저자의 결론부터 이야기하면, "결혼 이후에 서로 난관을 겪고, 돈 때문에 자주 걱정하고, 한 사람이 바람을 피우고, 권태로운 시간을 보내고, 가끔은 서로 죽이고 싶은 마음이 들고, 어떨 땐 자기 자신을 죽이고 싶은 마음이 들 때도 있는 것, 바로 이것이 진짜 러브 스토리이다." 이렇게 이야기한다.

사랑해서 결혼을 했다 하더라도 끝까지 좋은 부부로 산다는 것은 쉬운 일이 아니다. 좋은 부부관계를 위해서 서로가 어떤 노력들을 해야 하는가.

| 좋은 부부관계를 위해 서로 어떻게 해야 하는가

첫째, 배우자의 단점을 받아들여야 한다.

오랫동안 연애를 했다고 하더라도 서로의 모든 것을 알기는 어렵다. 하지만 결혼을 하면 부부는 연애 기간 동안에는 보지 못했던 상대방의 단점들이 보이기 마련이다. 연애하는 동안 감춰왔던 단점을 결혼을 통해서 소유욕이 충족되면 더 이상 자신의 단점을 감출 필요가 없으므로 자연히 드러난다.

완벽한 사람은 세상에 존재하지 않는다. 단점도 그 사람의 일부임을 받아들여야 한다. 자기의 기준에 근거하여 그 단점을 고치지 못하더라도 마음 아파하지 마라. 그 단점이 나를 패가망신시킬 정도의 치명적인 단점이 아니라면.

둘째, 상대방을 나의 것이란 소유욕을 버려라. 중요한 것은 상대의 행복이다.

아내는 기억할지 몰라도 오래전에 내가 아내에게 이런 말을 했던 적이 있다. "혹시 살다가 나보다 더 좋은 사람 만나면 그냥 가도 된다."라고.

영화나 드라마를 보다가 이런 이야기를 꺼낸 건지는 정확히 기억나지 않는다. 그때 아내는 '아니? 이 남자가 지금, 뭔 말도 되지 않는 이야기를 하지?' 하는 표정을 지었던 걸로 기억한다.

하지만 사랑하면 충분히 가능한 이야기라고 생각한다. 나보다 더 좋은 사람이 있고 배우자가 그 사람을 원한다면 보내줄 수 있는 것이 아닌가. 사랑하기 때문에 헤어진다는 노랫말처럼 중요한 것은 내가 아니라 배우자의 행복이다.

셋째, 사랑도 변한다. 하지만 견디다 보면 끈끈한 다른 정이 생긴다.

예전에 아내가 나에게 말했다. "*다시 태어나도 당신과 결혼하겠다.*"라고. 당시에 아내의 말을 듣고 내심 매우 기뻤지만 웃으며 농담처럼 아내에게 이렇게 대꾸했다. "*난 다시 태어나면 다른 여자하고 한번 살아볼래.*"라고.

지금 아내에게 그 마음이 변함없느냐고 물으면 고개를 절레절레 흔든다. 지금은 전혀 그렇지 않다고 말한다. 사랑은 고정되어 있는 것도 아니고 항상 아름답게 흘러가지도 않는다. 살면서 파란만장한 우여곡절들을 겪게 되고 상대방에게 미운 감정과 좋은 감정의 롤러코스터를 타게 된다. 부부는 파란만장한 삶을 함께 헤쳐가는 과정에서 미운 정, 고운 정이 쌓여가면서 사랑하는 사이라기보다는 삶을 함께 개척한 전사로서 강한 동지애를 느끼는 사이가 된다. 나의 자식은 성장해서 자기의 자녀를 낳고 정신 못 차릴 정도로 바쁘고, 나의 부모는 벌써 이 세상 사람이 아니거나 많이 노쇠해 있다. 부부 단둘이 남는 것이다.

신혼 초에는 심하게 싸운 뒤로도 각방을 쓰는 건 아니라는 생각에서 잠은 같은 방에서 잤다. 하지만 이제는 아무런 이유 없이 각방에서 잠을 자기도 하지만 서로 문제 삼지도 않고 서운할 것도 없는 나이가 되어버렸다. 처가댁에서 남편 흉을 보아도, 시가댁에서 아내 흉을 들추어내어도 한쪽은 그냥 웃을 뿐이지 별 반박도 하지 않는다.

각각 다른 방에서 잠을 자거나, 상대의 흉을 들춰내어도 부부의 현재 관계에 아무런 영향을 주지 못한다. 부부는 삶의 풍파에 맞서 싸워온 전사들이며 끈끈한 동지애가 저변에 강물처럼 흐르고 있다. 이 정도 되면 이 두 사람을 갈라놓을 수 있는 것은 아무것도 없다. 사랑은 변한다는 것을 인정하라. 대신에 산전수전을 겪으면서 끈끈한 동지애가 생긴다. 동지애는 죽음 외에는 갈라놓을 수 없다.

넷째, 부부 생활이 내 삶의 확장으로 연결되어야 한다. 서로의 삶을 응원하라.

상대방에게 맞추는 데 급급하느라 자신을 더욱 쪼그라들게 하는 것이 아니라 부부 생활을 함에 따라 남편은 더 커져서 더욱 남편다워지고 아내는 더욱 아내다워져야 한다. 여기서 중요한 것이 서로에게 '절대적이고 무조건적인 응원'을 보내는 것이다. 인생은 짧다. 헤어지기로 마음먹지 않을 바에는 "잘했다." "잘할 수 있다."라고 서로 응원하라.

다섯째, 친구 같은 부부 사이가 되려면 적당한 거리를 유지할 수 있어야 한다.

우리는 친구들에게 오지랖 넓게 간섭하려 하지 않는다. 오히려 간섭하려 들면 친구 관계가 멀어지는 경우도 많다. 그냥 지켜보면서 응원의 눈빛을 보내거나 힘들어하면 어깨만 쓰담쓰담해 주면 된다.

친구 사이와 마찬가지로 부부 사이에도 적당한 거리를 유지할 수 있어야 한다. 상대가 힘들어하면 옆에 나란히 서서 같은 방향으로 시선을 함께 두고 어깨를 감싸안아 주어라. 한쪽이 모든 것을 해결하려 하거나 제어하려 하지 말라. 사랑은 너를 나답게 만드는 것이 아니다. 한 발짝 떨어져서 네가 너답도록 지켜봐 주고 응원하는 것이다.

여섯째, 자신만의 싸움의 기술을 익혀라.

연애는 장밋빛 환상이지만 결혼은 고약한 문제들과 싸워야 하는 전쟁터와 같은 곳이다. 쌓인 문제들과 싸우면서 서로 간에 의견이 맞지 않아서 다툴 일도 많이 생긴다. 부부간에 싸움을 어떻게 할 것인지를 미리 생각해 두어야 한다. 싸움의 기술을 익혀두어야만 싸움 뒤의 후유증을 최소화할 수 있다.

나는 상대방이 화가 났을 때는 대응해서 화를 내지 않으려고 노력했다. 화는 오고 가는 말에 의해 쉽게 증폭되는 경향이 있기 때문에 일단 화를 삭이는 시간이 필요하다. 나는 상대가 화를 내면 입을 다문다. 침묵 모드로 들어가는 것이다. 그러고는 하루나 이

틀 뒤에 내 입장을 설명했다. 상대방이 화가 난 상태에서는 절대 바로 대꾸하지 않았다. 내가 부부 싸움을 하는 나만의 기술이다.

내가 아내에게 고맙게 생각하는 것은 내가 아내를 생각하는 것보다도 훨씬 더 남편을 걱정하고 자녀들을 사랑하고 가정을 위해 애써왔다는 것이다. 아내는 내가 막내임에도 시집와서 우리 부모님을 모셨다. 요즘 자녀들에게 그렇게 하라고 하면 모두 기겁을 할 것이다. 나이 들수록 아내에게 고맙다.

자녀에게 좋은 아버지가
되기 위해서는

　모든 아버지가 그렇듯 자녀가 태어나면 이렇게 키워야지 하고
다짐하곤 했다. 하지만 자녀가 어느덧 성년이 된 지금 되돌아보
니 잘 지키지도 못했으며, 못해준 것도 너무 많다. 오히려 내가 자
녀들에게 해준 것보다 자녀들이 커가면서 나에게 준 기쁨이 더
컸다. 티 없이 웃는 모습에서, 옹알거리는 옹알이에도, 엄마, 아빠
라고 외쳐주는 한마디 말에도, 담임 선생님의 칭찬 한마디에서,
체육관에서 씩씩하게 운동하는 모습에서도 나는 무척이나 기뻤
다. 나는 비록 자녀들에게 잘해주지는 못했지만, 좋은 아버지가
되기 위해서는 어떻게 해야 할까를 생각해 본다.

자녀에게 좋은 아버지가 되기 위해서는

첫째 자녀에게 시간을 내어주어라.

돌아가신 지 20년이 다 되어가는 아버지도 워낙 무뚝뚝한 성격인지라 서로 간에 대화를 거의 하지 못하였지만 지금 돌아보면 어릴 적에 아버지와 같이 보냈던 시간들이 소중한 추억으로 남아 있다. 해수욕장에 같이 갔던 기억, 자전거를 등 뒤에 태워주셨던 기억, 멀리 떨어진 시장에 나를 데리고 가서 짜장면을 사 주었던 기억이 오래 남는다. 아버지가 생각하는 바대로 자녀를 이끌겠다는 의도를 가지고 자녀와 시간을 보내는 것이 아니라, 의도 없이 순수하게 자녀에게 자신의 시간을 내어주는 것은 자녀와 가깝게 지낼 수 있는 기본적인 조건이다.

둘째, 자녀가 좋은 삶을 살기를 바란다면 먼저 본인이 좋은 삶을 살아라.

내가 자녀를 키워보니, 자녀는 말로 가르쳐서 잘되는 게 아니다. 내가 좋은 삶을 살면 자연스레 자녀도 좋은 삶을 살게 된다는 것이다. 자녀와 가장 가까이 있는 사람이 부모이고 부모는 자녀의 롤 모델과 같은 존재이다. 따라서 자녀가 좋은 삶을 살아가길 바란다면 나 자신이 먼저 건강하고 좋은 삶을 살아야 한다. 내가 좋은 삶을 산다면 자연히 자녀도 좋은 삶을 살 것이다.

셋째, 해줄 수 있는 만큼 해주되, 한계를 명확히 하라.

자녀들의 학업 종료 시기가 늦어지고 취업이 힘들어지면서 자연히 결혼도 늦어지는 추세에 있다. 부모가 부유하면 문제 될 것이 없겠지만 보통의 부모들은 넉넉지 않은 형편에서 자녀를 언제까지 부양하고 어느 수준까지 지원해야 하는가라는 딜레마에 봉착한다. 나도 정년퇴직을 하면 '수입을 목적으로는 소득활동을 하지 않겠다.'는 생각을 하고 있기 때문에 내가 자녀에게 지원 가능한 수준과 기간을 미리 공표할 필요가 있었다. 하지만 사전에 고지하지 않고 갑자기 발 빼겠다고 선언하면 자녀들이 서운해하거나 원망을 들을 수도 있으므로 자녀들이 대학을 졸업하는 날, 가칭 '부모/자녀 독립 선언문'이라도 만들어서 나름 자녀를 독립시키고 덩달아 부모도 자녀로부터 독립한다는 의미의 퍼포먼스를 하고 싶어서 작성했던 내용이다.

〈부모/자녀 독립 선언문〉

오늘부로 우리 부부는 사랑하는 자녀를 완전히 독립시키고자 한다. 우리 부부는 너희들이 태어날 때 무척 기뻤고 그동안 자라면서 수많은 기쁨을 우리에게 선사해 준 너희들에게 매우 감사하다는 말을 전한다.

이제 대학을 졸업한 지금, 부모가 자녀들에게 해야 할 의무인 의식주와 교육은 대학을 졸업함으로써 그 의무를 다했음을 선언한다. 돌이켜 보면, 부모인 우리가 너희들에게 해준 것보다 훨씬 잘 자라준 너희들이 대견스럽다. 이제는 너희도 어엿한 사회인으로서 자신의 인생을 스스로 개척해 나가길 바라면서 다음과 같이 선언한다.

- 우리는 죽을 때까지 부모와 자식 관계로 항상 서로를 지켜보며 응원하겠지만, 이제부터는 서로 간의 삶에 대해 일체의 간섭을 하지 않는다.
- 이 순간부터 부모와 자녀는 모두 경제적으로 독립하여 각자의 책임하에 자신의 삶을 개척해 나간다. 단, 밥을 같이 먹는 것은 허용한다.

이 선언문은 부모와 자녀 모두 단 한 번뿐인 인생을 서로 간의 간섭 없이 전적으로 자신의 판단에 따라 독립적인 자기 인생을 살아가자는 의미이며, 자신의 능력을 믿고 자신의 행복한 인생을 각자 개척해 나가길 서로 응원한다.

이 선언문을 만든 게 2016년도였다. 자녀는 성인이 되면 독립해야 하고, 부모는 부모대로 자녀에게 의존하지 않고 살겠다는 취지로 독립 선언문을 만든 것이다. 하지만 자녀 둘은 지금까지 미혼으로 안정된 생활을 하지 못한 상태이다. 역시 계획대로 되지 않는 것이 인생이겠지만 확실하게 해두는 것이 있다. 이제 자녀 스스로 반드시 독립해야 한다는 것, 경제적인 약간의 지원도 이제 얼마 남지 않았다는 것을 자녀들도 알고 있다. 부모가 해줄 수 있는 한계를 자녀들에게 미리 알려주는 것이 좋다.

넷째, 결국 인생은 자기 것이다. 자녀가 성년이 되면 간섭하지 말고 응원하라.

이 세상의 어떤 아이도 자신의 인생을 일부러 망치거나, 실패로 이끌고 싶어 하지는 않는다고 한다. 주의 깊게 옆에서 지켜만 보려고 노력한다. 심리학적 연구결과에 따르면 사람들은 스스로 선택했을 때만 후회한다고 한다. 그래서 모든 것을 부모의 선택에 의지해서 살아온 자녀는 나중에 후회도 하지 않는다. 자신이 선택하지 않은 것에서 실패했을 때 인간이 하는 행동은 그 선택을 한 사람(부모)을 비난하는 것이라 한다. 중요한 것은 본인이 선택하고 그 선택에 대한 책임을 지는 것이다. 간섭하지 말고 옆에서 따뜻한 미소로 응원을 보내는 것으로 끝내야 한다.

우리 세대는 부모를 모시고 살았던 세대이지만, 자녀들에게 부양의 의무를 지우길 거부하는 첫 세대가 될 것이다. 부모나 자녀 모두 각자의 인생 무대에서 삶의 주인공이다. 자신들의 꿈을 좇아서 자기의 인생을 살아가야만 한다. 자신의 인생 무대에서 자신만이 삶의 주인공이다. 부모, 배우자, 자녀, 형제자매는 단지 옆에서 지켜볼 뿐이다. 자기 인생에 누구도 끼어들어 방해하지 못하게 하라. 오직 자신이 자유롭게 선택하고 그 결과에 대한 책임은 자기가 져야 한다. 그것만이 진짜 인생이다.

나이 들어가면서
더 좋아지는 것

　누구나 아동기, 청년기, 장년기, 노년기를 거쳐 간다. 나는 과거를 되돌아보지 않으려고 하지만 과거의 시절은 과거대로 의미가 있었을 것이다. 이제 나는 은퇴로 인해 '일'로부터는 해방되었고, 은퇴하니 나 자신을 위한 시간이 많아졌다. 무엇인가를 얻기 위해서가 아니라 오롯이 나 자신을 위해서 하루하루의 시간을 사용할 수 있기에 행복하다. 학생으로서 재미없는 공부에 시달릴 필요도 없고, 가장으로서 책임을 져야 하는 부양의무도 어느 정도 비켜 있어서 몸도 마음도 편하다.

　20여 년 전에 수첩에 가로로 연도를 쭉 적어놓고 해당 연도에 나와 부모님, 배우자, 자녀들의 연령을 적어놓고는, 부모님 연세, 자녀들의 졸업, 나의 은퇴 연도를 표시해 놓고 은퇴하는 그 연도가 빨리 오기를 바랐던 기억이 지금도 생생하다. 왜 빨리 나이 들어 그날이 오기를 고대했던 걸까? 삶의 무게 때문이었을까? 자유를 원했던 걸까? 이제 발걸음은 가볍고 나이가 들어서 주는 편안함을 즐기고 있다. 나이가 들어가면서 무엇이 나를 이렇게 편하게 한 걸까? 나이가 들수록 더 좋아지는 것들은 무엇이 있을까?

| 나이 들어가면서 더 좋아지는 것

- 일로부터 해방되고 자녀들이 성장함에 따라 나의 건강, 꿈 등 오직 나에게만 집중해도 되는 나이

- 타인에게 맞추기 위해 애써 웃음 지을 필요 없고, 불편한 자리는 거절해도 괜찮은 나이

- 내가 싫거나 나를 싫어하는 사람과는 적당한 거리를 유지해도 크게 불편함을 못 느끼는 나이

- 점점 가까워지는 죽음의 인식이 짙어지면서 자잘하고 비본질적인 것으로부터 초월할 수 있는 나이

- 잘난 사람에게 주눅 들지 않고 못난 사람 깔보지 않으며, 있는 그대로를 존중할 줄 아는 나다움의 내공이 쌓여가는 나이

- 상대에 대한 높은 기대감으로 인해 내가 먼저 실망하거나 상대에게 충고하려는 조바심이 줄어드는 나이

- 좋은 사람으로 인정받고자 모든 사람과 잘 지내려고 자신의 에너지를 소비하지 않아도 되는 나이

- 오면 오는 대로 가면 가는 대로, 사람 붙잡지 않고 모두 행복하길 빌어주는 여유가 생기는 나이

- 더 많은 무엇을 성취하고자 하는 욕심이 줄어들면서 소소한 것에서도 기쁨을 찾아낼 수 있는 나이

- 삶이 던지는 질문들에 일일이 답하지 않고 그냥 한 번, 씩~ 웃고 넘어가도 되는 나이

- 좋은 일도 나쁜 일도 곧 지나갈 것임을 알기에 일상에 휘둘리지 않는 마음의 맷집이 단단해지는 나이

- 상대방의 칭찬에 손사래 치며 겸손을 떨었지만, 이제는 "오호, 그래~?" 하며 슬쩍 흘려 넘길 수 있는 여유와, 욕을 들어

도 '그쪽은 그런가 보다.' 하고 소화시킬 수 있는 나이

- 뒤처지지 않으려고 애쓰던 경주에서 조용히 빠져나와 남들이 앞서 뛰어가는 것을 지켜보아도 불안하지 않은 나이

- 내가 할 수 있는 것과 내가 할 수 없는 것에 대한 구분이 가능해서 내가 할 수 없는 것은 체념하고 포기해도 이상할 것이 없는 나이

한 번씩 '내가 이렇게 편하게 살아도 되는 건가?' 하고 걱정될 정도로 요즘 정말 편하게 지낸다. 은퇴 초기에는 하루의 설렘으로 아침 일찍 눈이 떠지더니, 요즘은 늦잠을 자는 날도 늘어만 간다. 예전 같으면 나 자신의 느슨함에 살짝 불안했겠지만, 지금은 그런 나 자신을 그냥 내버려둔다. 그간의 힘씀에 대한 보상으로 편안함의 사치를 마음껏 즐길 수 있도록.

나이 들면
하지 말아야 할 것

60세까지의 삶이 일순간에 지나왔으니 얼마 안 가서 곧 노인 또는 늙은이 신세가 될 것임이 분명하다. 나는 태어나면서 계속 부모와 같이 살았다. 나도 부모와 살면서 세대 차이를 느꼈듯이 나의 자녀들도 나와 세대 차이를 크게 느낄 것임이 틀림없다. 아 버지는 80세쯤 먼저 돌아가셨고 현재 90세의 노모를 모시다 보 면 서로 부딪치거나 짜증 나는 일이 자주 생긴다. 그렇게 한바탕 부딪치고 나서 뒤돌아서 '왜 내가 참지 못했을까?' 하는 후회를 하는 일이 반복된다. 노모를 보면서 '나는 노인이 되면 이렇게는 하지 말아야지.' 하는 생각을 한 번씩 하게 되는 경우가 있다.

| 나이 들면 하지 말아야 할 것

젊은 사람들을 걱정하거나 관심을 갖지 않을 것이다

늙은이의 걱정은 노파심에 불과하고, 늙은이의 관심은 간섭에 불과하기 때문이다. 90 먹은 노모가 60 넘은 아들을 걱정할 필요가 없고 60 먹은 아빠가 30 넘은 딸을 간섭할 필요도 없다. 그냥 멀리서 지켜만 볼 뿐이다. 요청하기 전에는 절대 먼저 나서지 않을 것이다.

한때의 영광을 자랑하지 않는다. 현재와 미래를 이야기한다

현재와 미래를 이야기하지 않고 과거 이야기를 들먹거리는 늙은이가 되지 않겠다. 현재나 미래로 이어지지 않는 과거의 영광은 과거에 묻어두어야 한다. 중요한 것은 현재와 미래의 꿈과 도전에 대한 이야기여야 한다.

남 이야기, 정치 이야기를 하지 않겠다. 자기 이야기를 하자

나는 남 이야기 하는 것을 정말 싫어한다. 특히 본인이 없는 자리에서 이러쿵저러쿵하는 이야기는 듣는 것 자체가 불편하다. 정치 이야기도 내가 싫어하는 주제이다. 특히 늙은이의 정치 이야기는 고집스러운 자기 확신처럼 보인다. 요즘은 진영 간의 정치 공방을 보고 있으면 어느 편의 논리가 맞는지도 헷갈린다. 사회문제에 대한 해결책을 논하는 토론장에서도 모두 자기가 옳다고 핏대를 세운다. 그럴듯한 논리로 서로의 주장을 논박하지만 결론은 도출되지 않는다. 주장과 주장이 맞서고 논리와 논리의 충돌만이 성행한다. 양편에서는 모두 내가 하는 말이 옳으니 판단은 시청자가 하라는 식이다.

그래서 TV를 보면 피곤하다. 물론 여러 가지 이유로 TV는 거의 보지 않지만. 나이 들면 자기 확신이나 신념을 강하게 주장하지 않으려고 한다. 늙은이의 신념은 고집과 다르지 않다. 남 이야기, 정치 이야기는 재미있는 주제일 수는 있어도 뒤에는 씁쓸함만 남긴다. 자기 이야기가 빠져 있으니, 공허할 수밖에 없는 것이다. 가급적 자기 이야기를 하자.

충고를 들을 나이도 아니며, 하지도 않는다

나이가 들면 자기의 연륜에 근거해서 못마땅한 것이 많이 보인다. 하지만 우리도 실수하고 반성하면서 여기까지 오지 않았는가. 이 나이에 충고를 들을 나이도 지났고, 하지도 않을 것이다. 충고는 왜 하는가? 상대에 대해서 기대하는 바가 충족되지 않거나 내 바람대로 되지 않으면 우리는 불편해한다. 그러면 자신의 기대를 낮추거나 기대를 없애는 대신에 내 기대를 충족시키기 위해 상대에게 충고하기 쉽다. 어쩌면 충고는 자기의 기대나 이익을 충족하기 위한 이기심일지도 모른다. 자연의 꽃들은 서로에게 뭘 기대하거나 그 기대를 기반으로 상대를 간섭하지 않는다. 자기 자신에게만 오로지 집중한다. 그래서 아름답다. 사람도 있는 그대로 사랑하고 받아들이고 싶다. 충고하고 간섭하지 않을 것이다. 충고는 상대는 잘못했고, 자기는 옳다는 전제에서 나오는 행동이다. 자기의 기준에서 상대를 심판하는 게 옳은 것인가? 상대방의 행동을 있는 그대로 이해하려 노력하고 좋은 말만 하고 싶다. 남이 나에게 하는 충고도 받아들이지 않으려고 한다. 속마음으로 한마디 던지고는 귀를 닫아버릴 것이다. '너나 잘하세요!!'

젊은이들은 젊은이들끼리. 고독, 외로움도 안고 가겠다

늙은이에게 '낄끼빠빠'는 중요한 덕목이다. 낄 데 끼고 빠져야할 때는 빠져주어야 한다. 우리도 젊었을 때 나이 든 사람이나 상사를 불편해하지 않았는가. 적당한 선에서 빠져주는 늙은이가 되고 싶다. 직장에서는 직책이 올라갈수록, 사회에서는 나이가 들어갈수록 고독해지고 외로워지는 게 당연하다. 젊은이는 젊은이들끼리 놀게 하자. 자꾸 끼이려고 하지 말자. 없어 보인다.

기대 수명이 급격하게 늘어난 요즈음은 노인이 노인을 부양하는 시대가 될 것이라 예측한다. 출산율도 낮으니 늙은 나의 존재가 젊은이들의 부담이 될 것이다. 이제 곧 늙은이가 될 것이기에 어떻게 처신하면서 살아야 할 것인가를 생각하지 않을 수 없다. 내가 좀 더 나이 들어 늙은이가 되기 전에 '내가 늙은이가 되어서 하지 말아야 할 것이 무엇인가?'를 한번 정리해 두고는 수시로 읽어볼 것이다. 그래야 늙어서 그리하고 싶어질 때, '아하, 내가 예전에 늙으면 하지 말아야지 하고 적어 두었지.' 하며 자신을 경계하지 않겠는가. 관심 두지 말고 충고하지 말며 외로움도 의연히 받아들일 것. 그렇게 늙어가고 싶다.

은퇴 후에 일을
할 것인가, 말 것인가

앞서 은퇴한 선배들 중에는 일을 하지 않고 지내는 분도 있고, 소득을 창출하는 직업을 구해서 일을 하는 선배들도 많다. 다시 일을 시작하는 선배들 중에는 현역에 있을 때 *"은퇴하면 그냥 놀 거야."*라고 장담했던 분들도 간혹 있다. 이분들에게 *"왜 다시 일 하는지?"* 물어보면 대부분이 이렇게 말했다. *"1~2년 놀아보니 노는 것도 하루이틀이지, 심심해서 안되겠더라."*라고.

내가 은퇴할 때쯤이 다가오니 주변에서 물었다. *"선배님은 은 퇴하면 뭐 하실 거예요?"* 나는 자동반사적으로 내뱉는다.

"나? 그냥 놀 거야!"

은퇴 후에 일을 할 것인가, 말 것인가에 대한 나의 생각을 이야기하기 전에 여기서 '일의 개념'은 소득을 목적으로 하는 일 또는 내가 진정으로 하고 싶어 하는 일이 아니라 어느 조직에 소속되어 돈을 벌기 위해 일을 하는 것으로 정의한다.

┃ 은퇴 후에 일을 할 것인가, 말 것인가

소득을 목적으로 일을 해야 할 것인가?를 이야기하기 위해서는 현재 나의 자산 상태를 검토해 볼 필요가 있다. 지은 지 20년이 넘은 현재 시가 3~4억 하는 아파트. 앞으로 수령하게 될 월 150만 원 정도의 국민연금. 그리고 직장 다닐 때 넣어둔 약간의 개인연금이 전부이다.

아내도 현재는 직장 생활 중이지만 퇴직하면 국민연금을 받을 것이다. 결혼하지 않은 적령기의 아들과 딸이 있지만 결혼을 한다면 자녀들이 결혼자금은 스스로 마련해야 할 것이고 도움을 줄 형편은 못 된다. 퇴직금으로 아파트 대출금 등의 빚 정리는 다 하였으므로 빚은 없다. 물론 저축해 놓은 것도 시원찮은 금액 정도만 있을 뿐이다.

자산 상태와 향후 국민연금 등의 소득 상황을 종합하면, 욕심부리지 않는다면 하루에 밥 세 끼 먹으며 생활하는 것은 가능할 것이다. 그러하더라도 '뭘 하면서 시간을 보낼 것인가?'라는 문제가 남는다. 혹 앞선 선배들과 같이 도저히 심심해서 못 견디면 어떻게 할 것인가?

나는 몇 가지 상황을 종합해서 결심했다. '모든 생활은 국민연금 수입에 맞게끔 하향 조정할 것이다. 따라서 죽을 때까지 소득을 목적으로 일은 하지 않겠다.'라고 결심했다. 그래서 욕심은 철저히 버리기로 했다. 의식주, 차량, 외식, 문화생활, 취미활동, 친구 만남, 경조사 참여 등 비용이 요구되는 모든 항목은 없애거나 축소할 것이다.

그리고 나는 자신하고 있다. 내 성격에 결코 심심해하진 않을 것이라는걸. 나는 번잡한 걸 좋아하지 않는 성격이다. 트레킹을 좋아해서 바깥으로 돌아다닐 수도 있지만, 집에서 책을 읽거나 홀로 가만히 생각하는 것도 좋아한다. 하지만 내가 좋아하고 원하는 것이 있다면 당연히 일을 할 것이다. 단지, 지금까지 그러한 일을 발견하지 못했을 뿐이다. 지금은 내가 진정 좋아하는 일을 찾기 위해 내 마음의 소리에 집중하고는 있지만, 2~3년 늦게 발견한다고 해도 문제 될 것은 없다. 또 발견하지 못하면 어떠랴. 그냥 내가 하고 싶은 것 하면서 놀아도 되지 않겠는가.

어느 날 아내가 나에게 말했다. 직장에서 은퇴한 누구누구는 지금 무슨 일을 하고 있다고 소식을 전한다. 물론 나를 일하도록 압박하기 위해 하는 소리는 아니겠지만, 내가 벌써 그러한 소리에 예민해 졌는지도 모르겠다. 아마도 빈둥거리는(물론 나는 빈둥거린다고 생각하지는 않지만) 날들이 늘어갈수록 점점 더 눈치 보며 불편해할지도 모를 일이다.

하지만 나는 34년을 줄기차게 일했고, 일만 하기 위해 이 세상에 나온 것은 아니라고 생각한다. 만일 내가 원하고 몰입할 수 있는 일을 발견한다면 즐겁게 다시 일을 할 수 있을 것이다. 지금 책을 읽고 내생각을 글로 정리하는 것도 나에게는 매우 즐거운 일이다. 지금처럼 글을 쓰면서 천천히 내가 해야 할 소명이 있는지를 탐색해 볼 생각이다. 아주 천. 천. 히.

나의 로망,
백수의 삶에 대하여

　백수(白手)는 어원적으로 '손이 하얗다.'는 뜻이며, 일을 하지 않아 손이 하얗다는 의미이기도 하다. 또한 '白' 자가 '아무것도 없다.'는 뜻도 가지고 있으므로 하는 일이 없어 손에 쥔 것이 없다고도 할 수 있다. 백수는 '백수건달'의 줄임말로도 쓰이는데, 무직자, 실업자, 놀고먹는 건달, 룸펜, 잉여인간 등 별로 바람직하지 않은 이미지가 강하다.

　하여튼 '백수'가 직업이 없는 사람을 통칭한다면, 나는 비자발적인 은퇴의 형식으로 직장을 잃었지만, 앞으로도 자발적으로 직장을 가질 생각이 없으므로 나도 이제부터는 영락없는 백수임에는 틀림없다. 소득을 목적으로 직장을 다니지 않을 것이므로 나는 어쩌면 죽을 때까지 백수로 살 것이다.

'백수'

이것은 나의 오래된 꿈이고 로망이었다. 직장 다닐 땐 빨리 나이 들어서 은퇴하고 싶어 안달했었는데 이제서야 비로소 나는 백수건달이 된 것이다. 나의 로망이고 꿈이었던 백수의 삶을 나는 어떻게 생각하고 받아들이고 있는가? 백수의 삶을 추구하는 근거는 무엇인가? "백수가 내 꿈이다."라고 말하는 이유는 무엇인가?

| 나의 로망, 백수의 삶에 대하여

이제부터는 의무나 책임의 짐을 벗어던졌다

학생일 때는 학교를 다니고 공부를 해야 하는 의무가 있었다. 결혼해서는 가족을 부양할 의무가 주어졌다. 또한 가장으로서는 부모를 부양할 책임도 주어졌다. 현재 내가 글을 쓰는 작업을 하는 블로그명이 '떠나고 느끼며 사랑하기'이다. 내가 세 번째로 바꾼 블로그 이름이다. 여행하며, 현재를 살며, 사랑하며 살겠다는 의미이다.

예전에 블로그를 처음 만들 때의 블로그 이름이 '바람처럼 왔다가 이슬처럼…'이었다. 이 블로그명은 조용필의 노래, 〈킬리만자로의 표범〉의 가사에서 따온 이름이다. 가사가 너무 길어서 다른 사람이 있을 때 노래 부르는 것은 민폐라서 옛날에 혼자 노래방에서 많이 불렀다. 직장에서 힘들고 어려울 때 이 노래를 부르면 나에게 힘이 솟았고, 세상에 대한 '전투력'이 상승했다. 은퇴 후 세계여행 트레킹 코스를 짤 때 '킬리만자로(5,895미터) 등정 코스'는 반드시 가야 하는 트레킹이었다. "구름인가. 눈인가. 저 높은 곳 킬리만자로~~", 노래 가사만큼이나 힘들어서 무척 고생했지만.

두 번째 블로그명이 '나는 떠나고 싶다.'였다. 이것은 세계여행을 떠나기 1년 전에 본격적으로 블로그를 하면서 이름을 바꾸었다. 가수 남화용의 노래 〈홀로 가는 길〉의 첫 가사에서 따온 것이다. 무슨 일이 있어도(1년 안에 죽는다는 시한부 선고만 없다면) 세계여행을 가겠다는 내 의지의 표현이었다. 노래방에 가면 매번 불렀던 나의 애창곡이기도 했다.

나이 60이 넘어서니 의무나 책임으로부터 거의 해방된 느낌이다. 전투력을 상승시키기 위한 노래 조용필의 〈킬리만자로의 표범〉은 더 이상 부르지 않는다. 이젠 짐을 내려놓으려고 한다. 백수로서 떠나고 느끼고 사랑하며 살고 싶다.

나는 더 많은 것을 소유할 이유가 없다

좋은 옷, 맛난 음식, 좋은 차, 넓은 집은 나의 관심사가 아니라고 이미 밝혔고, 은퇴식을 마친 다음 날, 30여 년 줄기차게 입었었던 양복, 와이셔츠, 넥타이, 구두를 하나도 남김없이 버렸다고 앞서 이야기했다. 지금도 맛집에 줄 서 있는 사람들을 아직도 이해하지 못하며, 지금 15년 된 자가용은 내 소유의 마지막 자가용이 될 것이고, 25년 된 현재의 아파트는 내가 죽을 때까지 사용할 것이다. 내가 돈을 더 벌어야 할 이유가 있는가?

'게으름'은 부자나 백수만이 누릴 수 있는 특권이다

직장 다니면서 월요일이 그렇게 싫었다. 아니 일요일 오후부터 싫어졌다는 게 더 정확할 것이다. 직장에서 책임자로 있을 때 내가 제일 고민했던 것이 '어떻게 하면 월요병이 없는 조직을 만들까?', '월요일 아침에 즐겁게 출근하도록 할 수는 없을까?'를 많이 고민했다. 나는 이것이 불가능하다는 것을 깨달았다. 직장 생활을 그만두지 않는 한은 말이다.

월급은 그냥 주어지지 않는다. 출근하기 싫은 월요일도 꾸역꾸역 일어나서 가야 하고 싫은 일도 해야 하고 진상 같은 고객도 상대해야 한다. 지금은 월요일 아침에 자연스럽게 눈을 뜬다. 출근이 없으니 억지로 일찍 일어날 필요도 없다. '게으름'은 아주 부유한 사람이나 백수만이 누리는 특권이다. 이 특권을 유보하거나 포기할 이유가 나는 없다.

백수는 자유의 상징이다

왜 사람들은 돈을 벌려고 하는가? 필요한 것을 구입하거나, 하고 싶은 것을 하면서 살기 위한 것 아닐까? 내게 필요한 것은 많지 않으므로 최소한으로 쓸 만큼의 돈은 있다. 나는 내가 하고 싶은 것을 할 '자유'만을 원한다. 하고 싶으면 하고, 하기 싫으면 그만둘 자유 말이다. 백수의 진정한 가치는 '노는 것'이 아니라, '자유로움'에 있다. 나는 백수로서 자유의 가치를 온몸으로 향유하고 싶다.

나는 정년이 있는 직장을 선택한 것을 다행으로 여긴다. 그리고 현재의 백수 생활에 만족한다. 의사, 변호사 등 정년 없이 현재까지 일하는 친구들을 보면 나의 가슴은 답답해진다. 은퇴하고 세계여행을 9개월간을 다니면서 강하게 들었던 생각이 한 가지가 있었다. '왜 내가 10년 더 일찍 직장을 그만두지 못했을까?' 하는 생각이었다.

요즈음은 이런 생각도 가끔 든다. '만일 다시 태어난다면 어떤 삶을 살고 싶은가?'라는 질문을 해보는 것이다. 다시 태어난다면 나는 학교도 다니지 않을 것이고, 고정된 직업도 갖지 않을 것이다. 어디든 떠날 것이다. 현재를 느끼고 싶고 사랑하며 살고 싶다. 영혼이 자유로운 백수로.

내 인생 최고의 황금기를
어떻게 보낼 것인가

2022년 6월 30일, 직장을 은퇴하는 날. 집에 있는 거울 앞에 섰다. 군대에서 사단장에게 전역 신고하는 기분으로 나에게 거수경례를 하면서 속으로 나지막이 말했다.

'임무 종료!'

묘한 기분이 마음에서 일렁였다. 나는 이제까지 한 번도 경험해보지 못한 새로운 삶을 살고자 한다. 마지막 남은 20년은 제대로한번, '나답게' 살아갈 것이다.

┃ 내 인생 최고의 황금기를 어떻게 보낼 것인가

지금부터 진짜 시작이다

나는 내가 다녔던 직장을 사랑했다. 하지만 나의 사랑은 퇴직과 동시에 종료했다. 과거를 돌아볼 여유가 없다. 나의 인생 최고의 황금기에 무엇을 하며 살지를 탐색해야 한다. 과거의 추억에 갇혀 지금의 시간을 낭비하고 싶지 않다. 지금까지 살아온 60년의 삶보다도 훨씬 더 중요한 20년의 삶이 내 앞에 놓여 있다. 과거의 영광이나 실패에 사로잡혀 내 인생의 황금기를 놓치고 싶지 않기에, 지나온 모든 과거를 가슴 한편에 파묻고는 뒤돌아보지 않을 것이다.

지금의 시간이 황금이다

나는 '지금'을 단순히 시간이라 말하지 않고 '황금시간'이라고 말한다. 시간을 제대로 사용하는 것은 나의 지상과제이다. '돈 몇 푼을 벌기 위해 황금 같은 시간을 팔라고?' 나는 그럴 수 없다. 나는 단순히 돈을 벌기 위해 내 황금시간을 지불할 생각이 없다. 나는 내가 헌신할 가치가 있는 일을 찾고 있다. 그 일을 찾는다면 나는 주저하지 않고 내 황금시간을 내어줄 것이다.

인생 황금기에 고려할 두 가지는 '자유'와 '설렘'이다

황금시간은 나에게 완벽한 '자유'를 선사할 수 있어야 한다. 사람은 사회적 동물이며 자유에는 상응하는 책임이 따름을 알고 있다. 하지만 제일 중요한 것은 내 마음이 가는 대로 움직일 수 있는 자유이다. 누구에게도 얽매이지 않고 내가 하고 싶은 것을 할 수 있는 마지막 기회이다. 내 인생의 황금기의 주인은 당연히 '나'이고, '나 자신'의 인생으로 살아갈 수 있는 마지막 기회를 나는 놓칠 수 없다. 또한 지금이 '가슴 뛰는 것' 또는 '설렘'의 시간이 되기를 원한다. 나의 황금시간이 그냥 지나가게끔 내버려두고 싶지는 않다. 가슴이 뛰지도 않고, 설레지도 않는 일은 하지 않을 것이다.

앞으로 다가올 20년은 오로지 나 자신만을 위한 삶을 계획한다. 지나온 과거는 뒤돌아볼 시간이 없다. 세상에 태어나서 부양을 받고 학교에 다니고, 직장 생활 하면서 가족을 부양하다가, 자녀도 모두 장성해서 자기 갈 길을 찾아 떠나가려는 시기에, 오직 자기 자신에게만 집중할 수 있는 시기가 바로 지금이다. 두 번이라고는 없는 오직 한 번의 기회이다.

인생 후반전, 삶의 원칙

삶을 추구하는 데는 대개 두 가지의 중요한 측면이 있다. 물질적인 측면과 정신적인 측면. 이 두 가지 측면의 적절한 조화와 균형이 필요하다. 물질적인 측면은 '소비나 경제적인 측면에서 어떻게 생활할 것인가?'와 관련되고. 반면에 정신적인 측면은 '내가 어떠한 마음가짐으로 삶을 대할 것인가?'와 관련되어 있다.

내가 은퇴한 이후에도 나의 삶은 계속된다. 하지만 물질적인 측면에서, 직장을 다닐 때와 퇴직한 이후의 생활이 같을 수는 없을 것이다. 그동안 해왔던 소비나 경제적인 활동들이 제약받거나 축소해야 할 것이다. 물질적인 면과 정신적인 면에서 '인생 후반전을 어떻게 생활할 것인가.'를 살펴본다.

| 인생 후반전, 삶의 원칙(물질적인 측면)

국민연금 수준으로 삶을 재편한다

아내는 국민연금만으로 생활하는 것에 비관적이지만, 나의 꿈은 백수(자유)이므로 국민연금 수준으로 삶을 재편해야만 한다. 좋은 옷, 만난 음식, 안락한 주거, 체면치레 등은 나의 관심사가 전혀 아니다. 은퇴식을 마친 다음 날, 나의 모든 정장은 폐기했고 하루에 한두 끼의 간소한 식사에 만족하며 경조사 참여 등의 체면치레도 최소화할 것이다. 소득을 위해 나의 자유를 다시 팔 생각은 없다.

최소한의 것만 남기고 모두 버린다

오래된 아파트를 리모델링하기 위해 모든 세간 살림을 보관이사 맡기면서 깜짝 놀랐다. 우린 그동안 너무 많이 소유하고 있었다.

1년 동안 한 번도 입지 않은 옷가지들, 구석구석 포개져 있는 그릇들, 창고 구석에 처박혀 있는 물건들, 서랍마다 들어 있는 볼펜 등 필기 용품들, 언제 사용할지도 모르는 여분의 수저들, 수십 개나 되는 가위와 손톱깎이들, 유효기간이 이미 지난 연고와 비타민들, 언제 사용할지 모르는 콘센트와 건전지들, 신발장에 가득한 신발과 슬리퍼들, 포장도 뜯지 않은 채로 쌓여 있는 수건이며 양말들, 1년 이상 된 듯한 있는지조차 모르는 냉동고 음식들을 보며 놀란 것이다.

최소한의 물건만 소유하고 모두 버려야 한다. 풍족하면 낭비하게 되고 낭비하면 소중함을 모른다. 적게 가지면 아끼고 사랑할 수 있다. 삶을 단순화할 때 모든 낭비는 제거될 수 있다.

유산을 남기지 않는다

'통장에 있는 돈은 내 돈이 아니라 숫자에 불과하다. 죽기 전에 내가 사용한 돈만이 내 돈이다.' 이것이 돈에 대한 나의 평소 생각이다. 따라서 나는 내가 가지고 있는 돈은 다 쓰고 죽을 생각이다. 자녀에게 물려줄 여윳돈은 없으며 물려줄 생각도 없다. 내가 가진 한도 내에서 사용하고, 여분은 살아 있을 때 나눌 것이다.

꼭 필요한 친분관계만 유지한다

사람과의 관계 지속에는 많은 시간과 비용이 요구된다. 은퇴하니 의례적이거나 희미한 관계는 자연스레 끊어졌다. 새로운 친분관계는 꼭 필요한 경우에만 발전시키면 된다. 다행히 나는 혼자 있는 것을 좋아해서 혼자서도 잘 논다. 비용 측면에서도 중요한 인간관계만을 지속할 생각이다.

비용이 많이 들어가는 취미는 축소한다

취미 중에 비용이 많이 들어가는 취미는 줄일 것이다. 예전에는 책을 구입하는 비용이 많이 들었지만 지금은 도서관에서 대출한다. 술을 먹는 취미도 비용 문제로 대개는 집에서 혼술을 하는 편이다. 해외여행은 국내여행으로, 돈이 많이 드는 단체여행은 배낭여행으로 대체될 것이다.

미니멀 라이프와 생태적인 삶을 추구한다

지금 살고 있는 아파트를 줄이거나, 한적한 곳에 나만의 작은 아지트를 마련할 계획이다. 그곳에서 단순하며 검소한 삶을 추구할 것이다. 육식보다는 채식 위주의 소박한 식단을 차릴 것이다. 자극적인 도시에서의 삶은 많은 비용이 소모되므로 덜 복잡한 시골에서 생태적이고 청빈하게 생활하고 싶다.

| 인생 후반전, 삶의 원칙(정신적인 측면)

맑은 정신의 수도승처럼 살고 싶다

한적한 곳에 작은 거처를 마련하고 최소한의 필요 물품만을 들여놓고 조그마한 텃밭에 먹을 것을 직접 기르며, 일정한 시간에 일어나서 명상으로 정신과 몸을 맑게 하는 시간을 가지며 수련하는 자세로 하루하루 정진하고 싶다. 눈은 세상의 시류에 동요하지 않으며 말은 적게 하여 상처를 남기지 않으며 움직임은 거침없고 자유로우며, 누구에게나 편안한 얼굴로 대하고 자세는 올곧아서 신뢰감을 주며 검소한 생활로 상대방을 편안케 하는 삶을 살고 싶다.

사랑하면서 살고 싶다

남아 있는 인생 후반전은 사랑하며 살고자 한다. 남아 있는 인생 후반전은 내가 먼저 다가가고자 한다. 남아 있는 인생 후반전은 웃는 표정을 잃지 않으려 한다. 남아 있는 인생 후반전은 가족이 점점 더 좋아하는 사람이 되고 싶다.

가슴 뛰는 삶을 살고 싶다

나는 이제 '나 자신'으로서의 삶을 살아가려 한다. 나는 내 인생의 최고 황금기라고 생각하는 인생 후반전을 그냥 흘러가도록 내버려두지 않을 작정이다. 겉보기엔 수도승처럼 보이지만 안으로는 가슴 뛰는 삶을 살고 싶다. 마음이 가는 곳을 향해 거침없이 움직일 것이며 내 가슴을 뛰게 하는 무엇을 찾아 도전할 것이다.

영적으로 성장하는 삶을 살고 싶다

물질적인 측면에서 나는 옛날부터 욕심이 거의 없는 사람이다. 따라서 물질이나 소비에서의 욕망은 없다. 단지 살아오면서 삶이 나에게 던지는 질문들에 대해서는 내가 대답해야 할 의무는 있다고 생각한다. 앞으로도 계속 글을 쓰면서 내 삶의 질문에 대한 답을 찾아내기 위해 노력할 것이다. 내 마음이 속삭이는 소리에 집중하면서 내 영혼의 목소리에 답을 하면서 살아갈 생각이다.

가끔은 20년 후의 내 모습을 상상해 볼 때가 있다.
깊게 팬 주름, 긴 머리카락, 덥수룩한 수염, 도포 자락 비슷한 것을 걸치고, 집 뒤에 있는 낙엽 쌓인 오솔길을 행여 개미들이 내 발에 밟히지 않을까 주의하면서, 천천히 걸어가고 있는 노인 한 사람이 보인다.
적은 양의 쌀을 씻어 밥솥에 쌀을 안쳐 밥을 지어서 작은 텃밭에 자란 채소 몇 잎을 따서 고추장에 비벼 먹고는 자신의 옷가지를 빨아서 널고 있는 노인 한 사람이 보인다.

작은 집의 툇마루에 엉덩이를 걸치고 처마 아래로 떨어지는 빗방울을 물끄러미 바라보면서 무심한 표정으로 빗소리를 듣고 있는 노인 한 사람이 보인다.

작은 방의 조그만 책상 앞에서 돋보기를 쓴 채로 책의 한 글귀를 읽고는 고개를 들어 잠시 생각에 잠겼다가 다시 고개를 숙여 한 줄의 글을 읽기를 반복하는 노인 한 사람이 보인다.

떠오르는 일출보다 저녁노을이 더 마음에 와닿는 듯, 강렬했던 태양이 서서히 서쪽 하늘로 떨어지려 할 때 흐릿한 미소로 떨어지는 해를 바라보는 노인 한 사람이 내 눈에 아른거린다.

뚜벅뚜벅 홀로 걸어가는
무소의 뿔처럼 살고 싶다

많은 사람들이 좋아하는 경구가 하나 있다.

"소리에 놀라지 않는 사자처럼, 그물에 걸리지 않는 바람처럼, 진흙에 더럽혀지지 않는 연꽃처럼, 무소의 뿔처럼 혼자서 가라."

남아 있는 여생은 무소의 뿔처럼 홀로 뚜벅뚜벅 나아가고 싶다.

| 뚜벅뚜벅 홀로 걸어가는 무소의 뿔처럼 살고 싶다

소리에 놀라지 않는 사자처럼

세계여행 중에 베트남 호찌민시 길을 걷다 보면 차량이나 오토

바이 경적 소리에 깜짝깜짝 놀랄 때가 많다. 낯선 외국 여행의 불안과 두려움이 겹쳐지기 때문이다. 홀로 인적 드문 오솔길 또는 야간 산행을 해보면 소리에 엄청 민감해진다. 불안에 대한 방어기제가 작동하기 때문이다. 소리에 놀라지 않으며, 두려움을 느끼지 않는다는 것은 엄청난 내공과 자신감이 필요하다.

탄자니아 세렝게티에서 지프로 사파리 투어를 할 때, 사자는 우리가 옆에 있든 없든 개의치 않으며 하품하며 꾸벅꾸벅 졸기까지 한다. 졸고 있는 사자 앞에까지 지프가 이동하여 경적을 울려서 사자를 깨우려 하지만 경적에도 사자는 전혀 놀라지 않는다. 천천히, 아주 천천히 고개를 약간 들어 올리고는 무심한 듯 눈을 떠서 우리를 한번 응시하고는 곧 자기의 세계로 다시 빠져든다. 주변에 지프 여러 대가 자신을 에워싸고 있지만, 그러한 환경의 변화에 당황하거나 반응하지 않는 것이다. 졸리면 자고 우리가 귀찮으면 어슬렁어슬렁 자리를 벗어난다. 두려움은 찾아볼 수 없다. 내공이 강한 고수는 주변의 소리에 당황하지 않는다. 그냥 무심한 듯 지그시 응시할 뿐이다.

소리에 놀라지 않는 사자처럼.

그물에 걸리지 않는 바람처럼

바람은 눈에 보이지는 않지만 느낄 수는 있다. 눈에 보이지 않는다고 실체가 없는 것은 아니다. 눈에 보이는 것만이 실체가 있다고 착각해서도 안 된다. 눈에 보이는 실체에 대해서 우리의 생각으로 구분 짓기를 좋아한다. 좋다, 싫다, 옳다, 그르다 등으로 구분한다. 구분한다는 것은 생각이 머문다는 것이고, 생각이 머물게 되면 집착할 수 있다. 집착한다는 것은 어느 대상에 매인다는 것이고, 어느 대상에 매이게 되면 자유로움을 잃기 쉽다.

그래서 부처님은 실체가 있다고 착각하지 말라고 하는지도 모른다. 불교에서는 나 자신마저도 실체를 부정하며 무아를 주장한다. 나란 존재도 구름이 잠시 일어났다가 흔적도 없이 사라지는 것과 같은 것이다. 우리 모두가 실체가 없는 바람 같은 존재임을 알게 된다면 집착도 끊을 수 있지 않을까? 실체가 없음을 알고 집착도 않는다면, 어디에도 걸림이 없는 자유로움을 얻을 수 있지 않을까?

그물에 걸리지 않는 바람처럼.

진흙에 더럽혀지지 않는 연꽃처럼

명필은 붓을 가리지 않고 목수는 연장을 탓하지 않는다. 고수는 여건이나 환경의 열악함을 뛰어넘는다. 여건이나 주어진 환경을 탓하지 않는 것은 좋지 않은 환경에 휘둘리지 않겠다는 자기 확신과 남이 알아주든, 비난하든, 연연하지 않는 당당함에서 나온다.

좋은 환경의 온실에서 피어난 꽃과 좋은 집안에서 태어나 부자로 성공한 사람에게 나중에 남겨질 의미와, 반면에 차가운 눈밭 속에서 피워낸 꽃과 온갖 어려움을 뚫고 홀로 우뚝 선 사람에게 먼 훗날 남겨질 의미는 분명 차이가 있다. 연꽃은 진흙 속에 발을 담그고 있지만 진흙에 물들지 않는 자기만의 확신과 당당함으로 우뚝 솟아오른다.

진흙에 더럽혀지지 않는 연꽃처럼.

무소의 뿔처럼 혼자서 가라

어떨 땐 조용하게 어떨 땐 성나게 파도가 친다. 어떨 땐 천천히 어떨 땐 세차게 비가 내린다. 어떨 땐 선선하게 어떨 땐 몰아치면서 바람이 분다. 어떨 땐 따스하게 어떨 땐 작열하듯이 해가 떠 있다. 그 속에 무소가 뚜벅뚜벅 홀로 걸어간다.

흔들리는 모습을 보이지 않으려는지, 흔들리는 마음속 자기 자신이 싫어서인지, 마치 홀로 걸어가기를 선택한 듯하다. 한 발짝 한 발짝에 모든 자기 체중을 싣는다. 주변을 두리번거리지도 않는다. 자신의 외뿔을 곧추세우고 확신에 찬 모습으로 발걸음을 옮긴다. 누구 하나 그 앞을 감히 막아서지 못한다. 누군가가 내 귀에 속삭인다.

무소의 뿔처럼 혼자서 가라.

이 짧은 경구는 많은 사람들이 좋아한다. 비록 길지 않은 경구이지만 읽는 사람에게 많은 영감을 불러일으키는 말이다. 짧지만 너무도 강렬한 경구이기에 살아가면서 늘 가슴에 품고 있으면, 쩨쩨해지려

하거나, 두려움에 떨거나, 비굴해지거나, 자유를 잃거나, 남을 탓하려는 마음이 들거나, 포기하려는 마음이 들 때, 자신을 한번 돌아볼 수 있게 해준다.

내가 지금 꾸고 있는 꿈
그리고 도전

은퇴하고 세계여행을 다녀와서 향후 5년 내 할 다섯 가지 꿈 목록을 세웠다. 국내 도보 일주, 인생 책 한 권 쓰기, 바다 수영 하기, 외국인과 영어로 대화하며 웃어보기, 나만의 아지트 마련이다. 현재 이러한 꿈 목록들을 조금씩 진행 중에 있지만 이러한 꿈 목록을 완성한 이후에도 나의 도전은 계속될 것이다.

▎내가 지금 꾸고 있는 꿈 그리고 도전

국내 도보 일주

오래전부터 등산을 많이 다녔다. 등산을 하면서 내가 걷는 것을 좋아한다는 것을 알게 되었다. 그래서 은퇴하고 세계여행도 배낭 하나 메고 홀로 트레킹을 다녔고, 지금은 코리아 둘레길(4,500킬로)을 진행 중에 있다. 코리아 둘레길을 종료하면 아내와 같이 국내 섬 투어 등을 하면서 국내 도보 일주를 계속할 것이다.

내가 텐트를 짊어지고 도보 여행을 할 수 있는 시기도 많이 남아 있지 않음을 안다. 길어야 10년 정도일 것이다. 그래서 국내 도보 일주는 가능한 빠른 시일 내에 끝내려고 한다. 하지만 조급해하거나 무리하지는 않을 것이다. 최대한 몸 상태를 잘 살펴가며 진행할 생각이다.

인생 책 한 권 쓰기

내가 그냥 '책'이라고 하지 않고 '인생 책'이라고 하는 것은 내가 쓸 책이 하나의 주제에 대한 것이 아니라 내가 60 평생을 살면서 삶이 던지는 여러 질문에 대한 내 나름의 답을 한 권의 책에 담아내 보고 싶었기 때문이다. 다른 사람들의 생각을 표현한 책을 읽는 것도 중요하지만, 내 삶의 질문들에 대해 자신의 언어로 글로 써서 나타내어 보고 싶은 것이다.

책을 쓴다는 것은 자료를 요약하거나 무엇을 묘사하는 것이 아니라 나의 지식, 지혜, 경험, 통찰, 잠재력이 동원되어야 한다. 이 것은 자기 안에 있는 내부의 힘을 바깥으로 끄집어내는 일이다. 내면의 힘을 끄집어내려면 자기 자신을 찾아 들어가야 한다. 모든 글은 자기 자신으로부터 나오기 때문이다. 좋은 기억이든 나

뿐 기억이든 자신의 내면과 직접 대면하고 대화하는 과정을 거쳐야 진실한 글을 쓸 수 있기에 책을 쓰는 행위는 결국 온전한 나자신을 찾아가는 여정과 다름없다. 이제 정년 은퇴했으니, 60 평생을 살아왔던 나 자신과 대화하며 쓴 나의 '인생 책'을 한 권 쓰고 싶다. 그 한 권의 책 속에 내가 어떤 놈인지, 어떻게 삶을 살았는지, 어떤 삶을 살고 싶어 했는지, 무슨 생각을 하며 지금까지 왔는지, 어떤 방식으로 내 삶을 끝내고 싶은지를 이야기하고 싶은 것이다. 결국 이 책은 '나다움' 그리고 '나의 존재'를 드러내는 나의 인생 이야기가 될 것이다.

바다 수영 (파란 바다 위를 헤엄치는 나를 상상하면서)

나는 수영을 못 했고, 지금도 25미터 정도만 근근이 간다. 어릴 적 어른들 또는 친구들과 같이 몇 번 해수욕장에 갔지만 수영을 못 하니 튜브나 타고 놀았다. 튜브를 타도 내 발이 닿지 않는 깊이는 두려웠기 때문에 나의 두 발이 닿는 얕은 곳에서만 놀았다. 어릴 적에 내가 제일 부러워했던 장면이 하나 있다. 해수욕장에는 안전을 위해서 수영금지선이 둘러쳐져 있는데, 수영금지선을 잡고 백사장을 바라보는 사람들이 부러웠다. 수영금지선을 붙잡고 홀로 서서 백사장 쪽의 사람들을 바라보는 느낌이 어떨지 무척 궁금했던 것이다. 내가 바다 수영을 목표로 정한 이유이다.

나는 지금 상상한다. 햇볕이 뜨거운 어느 여름날, 약간의 두려움과 설렘을 안고 해수욕장으로 간다. 해수욕장에서 많은 사람들이 튜브를 빌려 물놀이를 하는 모습을 보면서 나는 물에 뛰어든다. 푸른 바다 위를 유유히 헤엄쳐서 수영금지선 쪽으로 나아간다. 수영금지선을 잡고서 물가에서 튜브를 타고 있는 사람들을 미소 지으며 바라본다. 내가 어렸던 시절에 그토록 보고 싶어 했던 장면, 수영금지선을 붙잡고 백사장 쪽을 바라보는 느낌을 느껴보고 싶은 것이다.

외국인과 영어로 대화하며 웃어보기(영어 좌절할 것인가, 극복할 것인가)

중·고등학교 6년, 대학에서 영어영문학 전공. 하지만 대학 다닐 때 시위하고 술 먹느라 많은 시간을 보냈고 직장에서도 영어를 쓸 일이 없었기에 영어와는 멀어졌다. 직장을 은퇴하고 세계 여행을 하면서 영어를 못하는 게 부끄러울 것까지는 없었지만 많이 불편했다. 영어 때문에 체크인이나 입국심사 할 때 가슴 졸여야 했다. 내가 참여했던 모든 트레킹은 다국적 팀으로 구성되어 있었다. 영어를 못하는 사람은 나 혼자였다. 모두 영어로 대화하며 서로 웃음을 터뜨릴 때 나만 멀뚱멀뚱 바라봐야만 했었다.

한국에 돌아와서 생각했다. '이번 기회에 한번 영어 공부를 해봐?!' 이번만큼은 동기가 강렬했다. 살아오면서 영어회화 공부를 하려는 몇 번의 시도는 있었다. 하지만 꾸준히 이어지지를 않았다. 영어 공부를 해도 눈에 보이는 성과도 지지부진했다. 근데 이번에 영어회화는 좀 더 확실한 동기부여는 되어 있고, 은퇴했으니 시간도 많은 편이다. 그래서 영어 공부를 해보자고 결심했다. 외국인과 영어로 대화하며 남들이 웃을 때 같이 웃어보고 싶다. '영어! 그까짓 것, 그것이 뭐라꼬!' 이번만큼은 제대로 해보고 싶다.

나만의 아지트 마련

옛날부터 골방이나 다락방을 나만의 사적인 공간으로 꾸미는 것을 좋아했다. 그곳은 나만의 비밀 공간이며, 내 마음대로 상상의 나래를 펼 수 있는 장소이면서, 그곳에 홀로 있으면 마음이 평온해지곤 했다. 나만의 아지트는 국내 도보 일주를 하면서 마음에 드는 것이 있는지를 찬찬히 살펴볼 것이다. 내가 그리고 있는 아지트의 모습은 대체적으로 이런 모습이다. 내가 원래 번잡한 곳을 싫어하는 성격인지라 사람들이 북적대지 않는 한적한 시골이나 어촌이면 좋겠다. 가능하면 저녁노을을 잘 감상할 수 있는 장소를 구해서 석양을 보면서 하루하루를 정리하고 싶다. 집 크기는 15평이 넘지 않고 10~20평 정도의 텃밭과 작은 마당이 있었으면 좋겠다. 마당에는 감나무 한 그루와 매실나무 몇 그루를 심어서 곶감도 만들고 매실주와 매실진액을 담았으면 한다. 1층은 주방, 거실, 방의 구분 없이 통으로 트고, 여백의 미를 위해 최소한의 물품만 비치할 것이다. 작은 옥탑방에는 별을 보며 잘 수 있는 작은 침대 하나를 두고 싶다.

실제로 나의 아지트를 마련할 수 있을지는 모르겠지만 상상하는 것만으로도 가슴 뛴다. 나만의 아지트에서 나의 인생 황금기를 즐길 수 있기를 꿈꾼다.

도전하는 삶은 계속되어야 한다

나는 '도전'이란 단어를 들으면 가슴이 설레고, 새로운 것에 도전하는 사람에게서는 아름다움을 느낀다. 내가 트레킹 세계여행을 간다고 했더니 친구가 이렇게 말했다. "누구나 생각은 있지만 실제로 도전하는 것은 쉽지 않다. 누군가가 '비용은 내가 부담할 테니 혼자 다녀오세요.'라고 제안을 해도 도전하지 못하는 사람도 있을 것이다."

이게 사실이라면 도전이 어려운 이유는 무엇일까? 도전 목표에 대한 간절함이 부족하거나, 내가 지켜야 할 소유한 것이 너무 많거나, 생각이 많아 막연한 두려움에 휩싸이거나, 부정적인 뉴스를 너무 많이 봐서 불안하거나, 지금의 안전함이나 편리함에 내가 길들여 있기 때문일 것이다.

도전이 어려운 이유를 한 문장으로 정리한다면, '간절함이 부족하거나, 시작할 용기가 부족하거나'이다. 결국 '간절함'과 '용기'의 문제이다. 도전을 꺼리는 이유 중의 하나로 자주 거론되는 것이 실패에 대한 두려움 때문이다. 누군가는 성공의 반대말은 실패가 아니고, 아무것도 하지 않는 것이라고 말하는 이도 있다. 실패도 중요한 자산이다. 실패를 두려워 말자. 마찬가지로 쉬운 목표도 아니며 나 자신도 성공 가능성을 의심했지만 어려움을 이겨내고 성공한 경험은 자기에게는 소중한 자산이 된다.

예전에 한창 등산을 할 때, 등산 동호회에서 100킬로 무박 산행을 기획했다. 나도 참가하기로 마음먹었고 헬스장에 가서 하체 운동으로 몸을 만들었다. 100킬로 무박 산행에 산을 제법 탄다는 회원 열여섯 명이 참가했고, 그중 다섯 명이 완주했다. 총 소요 시간이 50시간 넘게 걸렸다. 100킬로를 무박으로 한번 걸어본 사람에게 웬만한 장거리 산행은 문제 되지 않는다. 어려운 목표를 한번 성공해 본 경험이 엄청난 자신감으로 작용하기 때문이다.

나의 세계여행은 트레킹 위주였다. 떠나기 전에는 걱정도 많이 했다. 과연 나의 체력이 받쳐줄까?를 의심했다. 그런데 막상 가서 걸어보니 걸어졌다. 트레킹 중에 킬리만자로(5,895미터)가 제일 힘들었지만 결국 해냈다. 일단 뭐든지 시작을 해야만 끝을 볼 것인지, 못 볼 것인지를 알 수 있다. 작은 용기를 품고 첫발을 내딛기만 한다면 어느새 끝을 향해 가는 나를 볼 수 있을 것이다. 시작하는 것이 어렵지, 막상 시작하고 나면 어떻게든 결론에 도달한다.

하고 싶었지만 쉽사리 도전하지 못한 목표가 있다면 이번 기회에 한번 도전해 보면 어떨까? 어려움 속에서도 성취하면 강력한 자신감을 줄 것이고, 실패한다면 본인의 한계를 알 수 있는 기회가 될 것이다.

> 무엇인가에 도전한다는 것은 '살아 있음'을 보여주는 행위이다. 도전은 물고기가 물살에 휩쓸려 내려가는 것이 아니라 무엇인가를 이루기 위해 강을 거슬러 올라가는 행위이다. 서류상의 나이는 중요하지 않다. 지금의 자리에서 두려움으로 보고만 있을 것인가, 파도에 몸을 실어 떠날 것인가는 오직 자신의 몫이다.

제3장

어떻게 죽을 것인가

탄자니아 잔지바르섬 스톤타운 해변

죽음을 어떻게 바라볼 것인가

　메멘토 모리(Memento mori), "너는 반드시 죽는다는 것을 기억하라." 내가 늘 가슴에 품고 사는 단어이다. 중요한 선택이나 결정을 해야 할 때, 나에게 고민스러운 문제가 발생했을 때 스스로에게 질문한다. 내가 내일, 한 달, 1년 뒤에 죽는다면, 나는 어떤 선택을 하겠는가?, 나는 이 일을 계속하겠는가?, 내가 지금 하고 있는 고민을 계속하겠는가?라고. 죽음이 가까이 있음을 인식하면 비본질적이고 사소한 것들은 배제된다. 죽음은 나에게 어떤 의미를 던져주는가?, 죽음을 어떻게 바라볼 것인가?라는 문제는 꼭 한번 정리해 보고 싶은 나의 주제였다.

| 죽음을 어떻게 바라볼 것인가

죽음을 인식하면 삶의 의미가 새롭게 다가온다

우리의 시간은 한정되어 있고, 더 기가 막힌 것은 한정된 시간의 양을 모른다는 것이다. 시한부 삶을 선고받았다면 어렴풋이 짐작만 가능할 뿐이고 그 외에는 죽는 시간을 알 수 없다. 당장 내일 죽을 수도 있다는 것을 인식한다면 매일매일이 새롭게 탄생하는 기분이 들지 않겠는가. 오늘 하루를 새로이 부여받았다는 느낌으로 탄생하는 듯 아침에 눈을 떠서 하루를 시작하는 사람은 하루하루의 의미가 남다를 수밖에 없다.

죽음의 인식은 본질적인 것과 사소한 것들을 구분해 준다

죽음을 앞둔 사람은 진실할 수밖에 없다. 왜냐하면 사소하거나 비본질은 모두 배제되기 때문이다. 죽음을 앞에 둔 사람은 나의 삶에서 진정으로 본질적인 것이 무엇인지를 자각한다. 그래서 비본질적이고 사소한 것들을 손에서 놓아버리면, 하루의 정수만이 새로이 나에게 다가온다.

죽음의 인식은 나의 자유를 확장시켜 준다

나는 '곧 죽는다.'는 사실을 알고 있고, '내일 내가 죽는다.' 하여도 이상할 것이 없을 정도로 죽음을 내 삶의 일부로 온전히 받아들이려 하고 있다. 내일 갑작스럽게 눈을 감더라도 더 이상의 후회나 회한, 바람도 남아 있지 않기를 바라는 사람이다. 이러한 죽음에 대한 인식은 나에게 강력한 용기를 제공한다. 언제 죽을지도 모르는데 세계여행을 미룰 이유가 없으며, 내일 죽을지도 모르는데 오늘의 스카이다이빙과 번지점프가 더 이상 두렵지 않다. 죽음의 인식은 나의 두려움을 용기로 바꾸고 내 마음이 가는 대로 자유롭게 행동할 것을 독려한다. 죽음이 내 옆에서 매일 나에게 속삭이는 듯하다. "오직 네 마음이 가는 대로 자유롭게 움직여라, 그러지 않으면 내가 너를 엄청 후회하게 할 거야."라고.

죽음을 인식하면 용서하고 사랑할 수밖에 없다

죽음이 곧 닥쳐올 거라는 것을 알고 있으면 용서하고 사랑할 수밖에 없다. 지나간 모든 것은 용서되고 미래에 다가올 모든 것을 사랑하게 된다. 물론 용서하고 사랑하는 것이 쉽지는 않다. 하지만 죽음을 인식하면 용서하지 못할 것이 없고, 사랑하지 않을 이유가 없어 보인다.

죽음을 의식하는 나이가 되면 자신을 위한 삶을 살고 싶어진다

60세를 넘어가는 나이가 되면 세월이 엄청 빠른 속도로 흐른다는 것을 안다. 또한, 지금과 같이 머뭇머뭇거리다 어느 날 갑자기 쏜살같은 세월만큼 죽음도 곧 닥칠 거라는 사실을. 그래서 나는 이기적이더라도 확실한 원칙 하나는 정했다. '이제부터는 타인을 위한 삶은 살지 않겠다. 오직 나 자신을 위한 삶을 살겠다.'는 원칙. 물론, 나 자신을 위한 삶이 타인도 위하는 것이면 더 좋겠지만.

살다 보면 가까운 사람들의 죽음을 지켜보게 된다. 아버지도, 장인도, 엊그제 같이 생활했던 동료들의 죽음을 겪으면서 죽음이 멀게만 느껴지지 않는다. 이제 나이도 60 고개를 넘다 보니 죽음을 좀 더 정면으로 마주하고 싶다. 젊었을 때는 죽음을 의식하지 못하고 살았지만 나이 들면 죽음을 의식하면서 살 수밖에 없기에 젊었을 때 느꼈던 하루와 나이가 들어서 마주하는 하루의 느낌이 많이 다르다.

지금은 은퇴하여 집에서 독서하고 생각을 정리하고 공부하고 운동하는 매일이 행복하다. 가끔은 이런 생각도 든다. '이러한 일상의 행복과 자유를 나 혼자 누려도 되는 건가?'라는 생각에 아직 일하는 아내와 취업에 분투하는 자녀들에게 미안한 생각이 들 때도 있다. 하지만 이 행복과 자유를 포기하거나 유보할 생각은 전혀 없다. 지금이 내 인생에서 가장 중요한 시기이고 죽음 앞에서 후회의 눈물을 떨구고 싶지 않기 때문이다.

죽음을 앞두고 하지 않으면
후회하게 될 것들

은퇴 후의 삶은 오직 내 마음의 속삭임에 따라 자유로운 삶을 살아가려고 한다. 그런 내 마음의 속삭임을 보다 잘 포착하기 위해 스스로에게 질문 하나를 던진다. 나도 다른 이들과 마찬가지로 곧 죽을 것이고 죽음을 앞두고 눈을 감으면서 지나온 삶을 돌아볼 것이다. 내가 죽는 순간, 후회할 것이 떠오른다면 어떤 것들이 생각날까?

죽음을 앞두고 하지 않으면 후회하게 될 것들

- 내가 뭘 좋아하는지, 뭘 하고 싶어 했는지 전혀 알지 못한 채로 있다가 눈을 감는 순간에야 '내가 이런 것을 하고 싶었는데.' 하는 생각이 떠오른다면.

- 내가 지금껏 살아온 인생에 아무런 의미를 부여하지 못하고 밋밋하게 살아온 자신의 삶을 되돌아본다면.

- 내 마음의 속삭임에 따라 뭔가를 해보고 싶다는 마음은 간절했지만, 차일피일하다가 때를 놓치거나, 가족 또는 타인의 눈치를 보느라 실기하거나, 나 자신의 용기가 부족하여 시도해 보지도 못한 채 눈을 감는다면.

- 이 나이에 너무 늦은 건 아닐까 하는 짐작으로 미리 포기하고 도전이나 열정 없이 무기력하게 흘려보낸 세월을 뒤돌아본다면.

- 도전을 위해 준비하고 실행했으나 꾸준함을 유지하지 못해 도중에 포기했던 일, 예를 들어 지금의 버킷리스트인 외국인과 대화하며 웃어보기, 바다 수영 하기, 책 한 권 쓰기, 국내 도보 일주 등 나만의 도전을 계획했지만 달성하지 못하고 죽음 앞에서 이 사실을 회고해 본다면.

- 사랑하는 사람에게 쑥스럽고 용기를 내지 못하여 사랑한다는 말을 못 하고, 잘못을 저지른 상대에게 진심을 담아 미안하다고 말할 기회를 놓치고, 작은 도움을 준 사람에게 고맙다는 말을 제때 하지 못한 상태에서 눈을 감는다면.

- 먼저 마음을 열고 다가가면 더 많은 사람들을 사랑하며 즐거움을 나눌 수 있었겠지만, 먼저 내 마음을 열지 않아 인생을 재미있게 살지 못했다면.

- 순간의 화나 분노의 독설로 누군가의 마음을 아프게 한 기억에 대해서 용서를 구하지 못한 채 눈을 감는다면.

- 나에게 상처를 준 누군가를 괘씸한 놈으로 생각하면서 한마디 말도 건네지 않은 채 꽁한 마음을 간직한 채로 눈을 감는다면.

- 서로 바쁘다는 핑계로 바로 곁에서 생활하는 가족들과 대화하며 즐거움을 함께할 시간을 충분히 가지지 못했다면.

- 올해 90세 노모가 언젠가 돌아가신 후에, 살아 계실 때에 조금 더 좋은 말투로 말하지 못했을까, 어머니의 야윈 손을 자주 잡아드리지 못했을까라는 회한이 가슴 한편에 남아 있다면.

- 이제 손에 쥔 모든 것을 내려놓아야 하는 상황에서, 예전에 경제적으로 어려움을 겪는 누군가의 요청을 거절했거나 외면했던 장면이 떠오른다면.

- 누군가의 도움이 시급해 보이는 일촉즉발의 위기 상황에서, 용기가 부족하여 나서지 못하고 외면했던 순간의 나 자신의 비굴한 모습과 당시에 도움이 절실했던 타인의 슬픈 얼굴이 오버랩되는 장면이 떠오른다면.

내가 눈을 감을 때 후회하지 않겠는가.

후회 없는 삶이 과연 가능할까? 아마 쉽지는 않을 것이다. 하지만 나는 이런 상상을 한 번씩 한다. 내가 마지막 눈을 감으려 할 때, 전능하신 신이 나타나서 "네가 원하면 네 인생을 다시 한번 살게 해줄 수 있다. 어떻게 할 거냐?"라고 제안한다면 나는 어떤 대답을 할까 하는 상상.
나는 이렇게 대답했으면 좋겠다.
"신이시여! 당신의 제안을 거절하겠습니다. 나는 내가 살아온 인생보다 더 잘 살 자신이 없습니다."라고.

죽음을 맞이하는 나의 뒷모습은
어떠하면 좋겠는가

사고를 당해서 죽는 것은 내가 어찌할 수 없으니 논외로 하고 내가 나의 죽음을 통제할 수 있다는 가정하에서 '나의 마지막 뒷모습은 이랬으면 좋겠다.'는 생각을 가지고 있다.

| 죽음을 맞이하는 나의 뒷모습은 어떠하면 좋겠는가

첫째, 삶을 종결하는 막판에도 품격을 잃지 않았으면 좋겠다.

죽음을 앞둔 나의 뒷모습이 의연했으면 한다. 하나의 세계가 닫히면 또 다른 세계가 열리는 것처럼 죽음도 새로운 삶이 열린다는 생각으로 맞이하고 싶다. 하지만 사람의 앞날을 장담할 수 없기에, 내가 나이가 들어 기력이 쇠하고 질병의 고통 속에서 내 의지와는 반대로 품위를 유지할 수 없다면 어떻게 해야 할까. 스스로 음식을 먹지도 옷을 입지도 못하거나 심지어 배변활동도 못하는 상태에 이르러 도저히 품격을 유지할 수 없는 상태가 되면 어떻게 할 것인가 하는 것이다.

만일 내가 올바른 결정을 할 수 있을 정도로 나의 의식이 정상적인 상황에서 내 죽음의 방식을 내가 선택할 수 있다고 한다면 나는 최대한 나의 품위를 지키는 죽음을 스스로 선택할 수 있었으면 좋겠다.

둘째, 쿨(cool)하게 떠나고 싶다.

여행 중에 길에서 만난 사람과 다음 만남을 기약하며 쿨하게 헤어지듯이, 서로 악수 한 번 하고 따뜻한 눈빛을 교환하고는 뒤돌아 각자의 길을 떠나듯이, 남아 있는 사람에게 "조만간 다시 만나자."라며 미소 지으며 떠나고 싶다. 죽음을 앞두고 삶에 대한 미련과 회한으로 눈물 흘리지 않을 것이다. 의연하게 웃음 지으며 쿨하게 작별하고 싶다.

셋째, 남아 있는 가족들이 슬퍼하지 않았으면 좋겠다.

나의 형님은 노래를 구성지게 잘한다. 노래를 잘하니 노래방에 가면 인기가 좋은 편이다. 형님이 예전에 이런 말을 한 적이 있다. "나는 자녀들에게 말했다. 나의 기제사에 제사상 차릴 필요가 없다. 대신 노래방도우미 불러서 한 시간 동안 춤추고 노래 부르게 해라. 너희들은 같이 놀아라."라고. 나도 그렇다. 내가 죽은 날을 자녀들이 기억했다가 어디에 모이는 것도 번거로운 일임이 분명하지만, 더욱이 나의 기일이 슬픔으로 가득 찬 날이 되지 않기를 바란다. 서로 바빠서 같이 모이기 힘든 가족들이 나의 기일 날에 모여서 맛있는 음식을 먹으면서 하룻밤을 즐겁게 지냈으면 좋겠다.

죽음은 삶의 완성이다. 왜냐하면 누군가 영원히 산다면 과연 삶이 의미가 있겠는가? 언젠가는 죽기 때문에 삶이 의미를 가지는 것이다. 안중근 의사는 30세의 나이에 대의를 위해서 자신의 죽음을 선택했고, 한 시대를 풍미했던 스티브 잡스는 1955년에 태어나서 2011년 56세의 나이로 사망했다.

나는 안중근 의사나 잡스보다 오래 살고 있지만 곧 죽음을 맞이할 것이다. 누구나 죽음을 피해 갈 순 없다. 죽을 때 자신의 뒷모습을 어떻게 남길 것인가? 마지막 나의 뒷모습이 품격 있고 쿨하게 웃으면서 떠나고 싶기에 웃는 모습의 영정 사진이라도 미리 준비해 두어야겠다.

나는 자녀들에게
어떤 사람으로 기억되고 싶은가

피터 드러커는 "나는 어떤 사람으로 기억되고 싶은가?라는 질문을 던질 때 비로소 성인의 삶이 시작된다."라고 말했다. 물론 피터 드러커는 세상 사람들에게 내가 어떤 사람으로 기억되고 싶은지를 자문했겠지만, 나는 내 자녀들에게로 국한한다. 나의 장례식 날, 장례식장에 문상객들이 다 돌아간 뒤에 자녀들이 술 한잔하면서 나를 이렇게 기억해 주었으면 좋겠다.

나는 자녀들에게 어떤 사람으로 기억되고 싶은가

아버지는 그래도 자기 하고 싶은 것 다하고 사신 분이야

나는 성공적인 삶을 '내적으론 가장 나다움을 찾아가는 여정에 내가 있고, 외적으론 내 주변의 행복 파이가 커지는 데 조금이라도 기여했다면' 성공적인 삶을 산 것이 아닐까라고 앞에서 정의했다. 성공의 기준점이 '타인'을 행복하게 하는 것이 아니라 '나다움'을 실현하는 나의 자유를 우선시한 것이다. 즉, 가족 또는 누군가에게 좋은 사람이 되어가는 것이 아니라, '나다움'을 발견하고 완성시켜 나가는 것이 최우선이며, 그 과정에서 주변의 행복 파이가 커지는 데 기여하는 것은 부수적인 문제이다.

그래서 나는 인생 후반전의 삶에 대한 나의 최우선 가치로 '나다움의 실현'과 '자유'를 꼽는다. 즉 '나다움'을 실현하기 위해 내가 원하고 내가 하고 싶은 일을 추구할 수 있는 '자유' 말이다. 그러하기에 내가 죽은 어느 날, 장례식장에 자녀들이 나의 죽음을 전혀 슬퍼하지 않았으면 좋겠다.

*"아버지는 자기가 하고 싶은 것, 다 하시고 가신 분이라 우리가 전혀 슬퍼하지 않아도 돼."*라며.

아버지는 삶을 허투루 살지 않았어. 끝없이 도전하는 삶을 사신 분이야

나는 은퇴 이전까지 지극히 평범한 삶을 살아왔다. 내성적이면서 밋밋한 아이였고, 공부는 중간쯤 하는 드러나지 않는 학생이었고, 직장에서는 그럭저럭 성실한 일꾼이었다. 하지만 직장을 정년퇴직한 후에 나의 인생 황금기를 물 흐르듯 평범하게 흘려보낼 생각은 없었다. 그렇다고 인생 후반전에 대단한 무엇을 하겠다는 것은 아니었지만 나는 내가 하고 싶은 것을 하면서 자유롭게 살려고 노력했던 사람이다.

하지만 자유롭게 살았다는 의미는 별 하는 일 없이 느슨하게 삶을 살고자 했던 것은 아니다. 나는 내 마음이 욕망하는 바를 찾아서 그 욕망을 실현하기 위해 누구보다도 치열하게 살고자 노력했다. 은퇴한 이후에 5년간씩 끊어서 나의 도전 목표를 정하고 그 목표를 실현하기 위해 애썼다. 내가 죽고 세월이 흐른 뒤에 나의 자녀들이 자신의 자녀들에게 이렇게 이야기해 주었으면 좋겠다.
"네 할아버지는 죽을 때까지 치열하게 도전하시며 사신 분이야."라고.

나의 삶과 한 권의 책이 자녀에게 작은 영감을 불러일으킨다면 족하다
나는 '나의 인생 책'을 한 권 써서 자녀들에게 툭 던져주면서 이렇게 말하고 싶었다. "이 책이 나의 일생이야. 내가 하고 싶은 말은 여기에 다 있어."라고. 지금 쓰고 있는 책이 나의 일생을 제대로 표현한 책이 되었으면 좋겠다.

하지만 앞으로도 인생 후반전이 많이 남아 있다. 인생 후반전이 어떻게 전개될지 가늠할 수는 없지만, 한 가지 분명한 것은 지금까지 살아왔던 것과는 전혀 다른 삶이 될 것임은 확실하다. 그래서 나의 인생 책 한 권과 나의 인생 후반전의 삶 자체가 자녀들이 인생을 살아가는 데 작은 영감을 불러일으켜 줄 수 있다면 그것으로 만족하겠다. 내가 죽고 난 뒤에 이런 말을 해주는 자녀가 있다면 최고의 찬사로 받아들이겠다.

"나는 아버지의 책과 삶에서 이런 영감을 받았어!"

내가 죽고 난 뒤에 자녀들에게 '아버지는 우리 가족을 위하시느라 많은 걸 포기하신 분이야.'라고 회상되지 않기를 바란다. 아마도 내가 포기한 것이 있다면, 나 자신을 위해서거나 용기가 부족해서였을 것이다. 내가 그렇게 살았던 것과 마찬가지로 가족 누구라도 어느 한 사람이 다른 누군가를 위해서 희생하는 삶이 되지 않았으면 좋겠다. 가족 모두 각자의 삶을 독립적이고 주체적으로 살면서 서로가 좋은 영향력을 주고받을 수 있기만을 바란다.

내가 이 삶이 다하고 떠난 뒤에 아내는 나의 어떤 면을 회상하게 될까? 마찬가지로 자녀는 훗날 내 나이쯤 되어서 자기의 자녀들에게 "네 할아버지는?" 하며 어떤 이야기를 전해줄까? 무척이나 궁금하다.

나이 많은 노모와
이렇게 작별하고 싶다

나이 90세의 노모가 있다. 태어나면서부터 계속 같이 살고 있으니 60년 이상을 함께 살아온 셈이다. 연세도 연세인 만큼 정신도 예전 같지 않다. 보청기나 틀니를 어제저녁에 어디에 두었는지 잊어버려서 아침에 온 식구가 나서 찾아야 할 때도 있고, 꿈을 꾼 내용이나 드라마의 내용을 현실로 착각하여 우리에게 이야기를 해서 우리를 당황하게 하기도 한다.

그래도 내가 팔을 부축할 때도 있지만 아직 혼자서 동네 의원을 다니고, 혼자서 식사를 하고 화장실을 이용하니 다행이라면 다행일 수 있겠지만, 해가 갈수록 점점 건강이 나빠져 가는 것 같아 자식으로서 우울할 수밖에 없다. 노모도 90세가 넘었고 나도 60세를 넘었으니 서로의 시간은 많지 않다. 서글퍼지지만 서로의 작별에 대해서 생각해 보지 않을 수 없다.

| 나이 많은 노모와 이렇게 작별하고 싶다

내가 할 수 있는 범위 내에서만 모친에게 할 것이다

노모와 생활하면 스스로 생각하기에 약간 슬픈 장면이 있다. 자꾸만 모친의 정신이 희미해져 감에 따라 나의 잔소리도 늘어간다. 하지만 잔소리로 더 나아질 리 없는 모친이고 잔소리로 고쳐지지 않으니 큰소리로 노모를 타박하면서 나무라기까지 한다. 목소리를 한참 높여서 타박을 하다 보면 노모는 의기소침해지고 나는 돌아서서 후회의 감정을 되씹는다.

나이 들면 어린아이가 된다고 하는데, 나도 어린아이일 때가 있었다. 내가 아무것도 몰랐던 어린 시절에 노모가 나에게 말귀를 못 알아듣는다고 나를 타박한 기억은 전혀 없다. 노모가 어린 나를 타박했던 기억은 없는데, 오히려 기억을 잃어가는 노모를 정신 차리라고 큰소리로 타박을 하고 있는 나를 바라보고 있으면 슬픔이 가슴에 차오른다. 다음에는 그리하지 말아야지 다짐하지만 이해하지 못할 노모의 행동을 보면 또다시 화가 치밀어 오르내리길 반복한다.

노모의 행동을 이해하고 그냥 자연스럽게 넘어가려면 나의 내공이 어느 정도 쌓여야 가능할까. 시간이 지날수록 나의 내공을 한탄하는 일이 잦아져서 나 자신이 부끄러울 정도다. 그래서 요즘은 마음을 조금 바꿨다. 살아 실제 효도하는 것은 쉽지 않다. 아무리 효자라도 부모가 돌아가신 후에야 비로소 눈물 흘리며 '좀 더 잘했어야 했는데.' 하면서 눈물을 짓는 것이 자식이지 않은가. 나도 여느 자식과 다름없는 사람이다. 내가 특별한 효자인 사람도 아니지 않는가. 그래서 요즘은 조금 쉽게 생각한다.

내가 감당할 수 있는 부분은 감당하되 감당하지 못하는 부분은 나도 어쩔 수 없다. 내 감정을 모친에게 표현하고 그런 나를 너무 자책하지 않으려고 한다. 내가 할 수 있는 만큼만 하고, 내가 제어할 수 없는 감정을 그대로 발산하는 나를 내버려두려 한다. 노모의 감정도 중요하지만 내 감정도 중요하니까.

쉽지 않겠지만 최대한 후회가 덜한 방향으로 헤어지고 싶다

나는 코리아 둘레길을 걷고 있다. 지금은 겨울이라 3개월 정도는 쉬면서 이 글을 쓰고 있다. 처음에는 집 앞에 있는 도서관에 갈까 생각하다가 노모가 집에 있으니 집에서 글을 쓰기로 했다. 노모를 눈에 보지 않으면 모른 채 넘어가겠지만 집에서 같이 생활하다 보니 잔소리가 자연히 늘어간다.

우리는 아파트 5층에서 산다. 당연히 1층으로 내려가려면 아래로 내려가는 화살표만 누르면 되는데 언제부터인지 모친은 위로 올라오는 화살표까지 모두 누른다. 왜 위로 올라가는 화살표를 누르냐고 물으니 "그래야 밑에 있는 엘리베이터가 빨리 올라오지 않느냐."는 것이다. 요즈음은 음식물 찌꺼기 통에 자신이 먹은 사탕 껍질이나 휴지를 넣기도 한다.

수십 번을 이야기해도 잘못된 행동은 고쳐지질 않는다. 이쯤 되면 모친의 행동을 바로잡으려고 하는 나의 말들은 완전히 잔소리에 불과하다. 잘 고쳐지지 않는 것을 고치려고 에너지를 사용하는 나도 힘들지만 매번 인상 쓰며 이야기하는 아들의 모습에 본인도 마음이 얼마나 아프겠는가를 생각하니 내 가슴도 아파온다.

이렇게 계속 생활하다가는 서로 간에 좋지 않은 경험만 서로 쌓다가 헤어질 것임이 분명하다. 엘리베이터는 한 번 올라갔다가 다시 내려오면 되고, 음식물 찌꺼기 통은 내가 수시로 확인해서 빼내는 수밖에 없다. 내가 놓칠 수도 있으니 아내나 딸에게도 수시로 확인해 보라는 당부를 한다. 상대방이 바뀌지 않으니 나를 바꿀 수밖에 없지 않은가. 그래야만 서로가 덜 싸우고 조금이라도 좋은 감정을 유지하다가 헤어져야 할 때 헤어져야 하지 않겠는가. 서로 간에 싸운 기억만 잔뜩 안은 채로 헤어진 후에는 눈물로 후회할 수는 없지 않은가.

요즘 나의 오전 시간은 모친과 보낸다. 모친은 동네 병원에 매일 가기 때문에 내가 부축해서 모시고 간다. 병원을 오가는 것이 모친의 거의 유일한 운동이기 때문에 같이 걸어서 병원까지 가는 것이다. 병원에서 물리치료를 마치면 아침 겸 점심을 모친과 같이 먹고 집으로 올라온다. 나는 사실 집에 있으면 밥을 거의 먹지 않는다. 글 쓰는 작업을 하다가 오후쯤 배가 고프면 약간의 안주로 혼술을 하면서 계속 글 쓰는 작업을 하는 것이다.

하지만 요즘 모친 때문에 매일 식당에서 식사를 같이 한다. 내가 먹지 않으면 모친 혼자서는 잘 먹으려 하지 않아서이다. 오전 시간만이라도 모친과 같이하기로 했다. 우리가 서로 헤어져야 할 때 내가 최대한 덜 후회하기 위해서이다.

이별 의식은 하고 싶다

돌아가신 아버지를 생각하면 나에게는 후회되는 장면이 하나 있다. 아버지의 임종을 보지 못하고 헤어진 것이다. 돌아가시기 며칠 전에 요양병원에 모셨는데 그렇게 일찍 돌아가실 줄은 전혀 몰랐다. 아버지가 요양병원에서 홀로 눈을 감을 때 나는 백두대간을 타고 있었다. 아버지 곁에는 아무도 없었다. 벌써 약 20년 전의 일이다.

그때 한 가지 마음속으로 다짐한 것이 있다. 모친이 돌아가실 때는 꼭 옆에 있겠다고 다짐한 것이다. 그래서 모친이 지금보다 더 나빠진다면 나는 어떻게 해야 할까를 생각한다. 아버지가 돌아가실 때 옆에서 임종을 지켜보지 못한 후회를 모친에게서도 똑같이 반복하고 싶지 않다. 적어도 헤어질 때 서로 간에 '잘 있어라.' '잘 가세요.' 하는 이별 의식은 서로 간에 해야 하지 않겠는가.

인명은 재천이므로 알 수 없는 일이지만 나와 같이할 노모와의 시간도 점차 줄어들고 있음은 틀림없는 사실이다. 노모와 생활하면서 후회하지 말아야지, 좀 더 잘해드려야지 하면서도 잘되지 않는다. 살아실 제 효도하기란 정말 힘든 것 같다.

죽음을 앞두고 남아 있는 가족에게 마지막으로 할 말

만일 내일 죽는다면 나는 남아 있는 가족에게 어떤 말을 하고 싶은가? 남아 있는 나의 아내와 아들 그리고 딸에게 오늘 어떤 말을 남기겠는가?

| 죽음을 앞두고 남아 있는 가족에게 마지막으로 할 말

아내에게

1월 5일, 지금은 사라지고 없는 예식장에 가는 날. 늘 가는 동네 이발관에 가서 길지도 않은 머리카락이지만 오늘 신랑이라고 밝히면 좀 더 신경을 써줄 것 같아서 쑥스러운 표정으로 "오늘 결혼식 하는데, 머리 좀 다듬어 주세요~"라고 말했다. 정신 못 차린 상태에서 결혼식을 마쳤고 신랑, 신부 친구들이 모인 식당에서의 피로연에서 반쯤은 술이 얼큰 취해서 지하철 타고 시외버스 타고 둘이서 뚜벅뚜벅 신혼여행을 갔던 날이 오래전 바로 오늘이었다. 신혼살림은 반여 2동 시부모가 사는 집에 겨우 장롱 하나 들어가는 단칸방이었다. 당신의 이야기에 따르면 나에게는 마이너스 40만 원의 통장만 있었다고 했다. 그때를 회상하며 당신은 "그때 내가 미쳤지."라고 나에게 말했다.

하지만 세월은 흘러 흘러 나는 지금 이 세상을 떠나려 한다. 예전에 내가 당신에게 "내가 평생을 살아오면서 제일 잘했던 선택이 당신을 선택한 일이었다."라고 한 말을 당신은 기억하는가? 이 말은 틀림없는 진실이다. 나는 당신과 살면서 내가 하고 싶은 것을 하면서 이기적으로 살았지만, 당신은 항상 당신 자신보다는 가족이 먼저였다. 내가 노모를 모시는 아내를 두고 1년간의 해외여행을 떠난다고 하니, 주위 사람들이 나의 용기를 칭찬하는 게 아니라, 아내를 잘 만났다며 당신을 더 칭찬해 주었다. 나는 인생 후반전을 살면서 연일 '자유'와 '마음이 가는 대로'를 읊조리며 내가 하고 싶은 것을 할 때, 그럴수록 당신은 자신을 위해서가 아니라 가족을 돌봐야 했을 무게를 생각하면 눈을 감는 이 순간에 미안함에 눈시울이 붉어진다.

어찌 보면 10년도 긴 세월인데 몇십 년을 나란 사람과 같이 살아줘서 고맙고 감사하다. 오늘 당신에게 마지막 작별 인사를 해야겠다.

"아내여, 미안하고 고맙고 사랑합니다. 비록 빈 약속이 되겠지만, 다시 태어나도 당신을 만났으면 좋겠습니다. 당신이 행복하길 빕니다."

아들에게

아들아! 어엿하게 잘 자라주어서 고맙다. 지금 아들이 하고 싶은 것을 하면서 살아가는 모습도 매우 좋아 보인다. 하지만 아무리 좋아서 하는 일이라 할지라도 경제적인 부분도 생각하지 않을 수 없기에 좋아하는 일이라고 항상 좋은 것만이 아니라는 것도 나는 잘 안다. 하지만 해가 갈수록 꾸준하게 너를 성장시켜 가는 모습을 멀리서 보고 있자면 대견스러움에 저절로 미소가 번진다. 누군가가 만들어 놓은 제도권에 들어가서 누군가의 지시를 받거나 누군가를 따라가는 삶이 아니라 너 스스로 삶을 개척해 나가는 모습이 보기 좋다. 아마도 너도 언젠가는 죽음을 맞이할 것이지만 네가 마땅히 하고자 하는 삶을 살았던 네 모습에 스스로에게 박수 칠 것임을 확신한다. 네가 가고자 하는 길을 갔으므로 후회나 회한도 분명 덜할 것이다. 내가 죽더라도 너의 삶을 하늘에서 응원할 것이다.

살아가면서 아닌 척하고 지냈지만 내가 항상 가슴에 품고 있었던 너에 대한 미안함 한 가지를 고백해야겠다. 아마 네가 초등학생이었던 것으로 기억하고 너도 분명 그때의 일을 잊지 않고 있을 것이다. 우리 가족은 약간의 먹을 것을 준비해 어린이대공원에서 약간의 등산을 했던 적이 있다. 어릴 적에 넌 걷는 것을 무척이나 싫어했던지라 올라가는 내내 투덜거렸다. 모처럼 휴일을 이용해서 가족끼리 야외에 나왔는데 너의 투덜거림을 난 참지 못하고 폭발했다. 당장 집으로 가자며 나는 되돌아서 혼자 내려가기 시작했다. 엄마도 네 동생도 너도 당황했고 화나서 뒤돌아 내려가는 내 뒤를 너는 따라오면서 어쩔 줄 몰라 했다. 나중에는 음식점에서 점심을 같이 먹으면서도 나는 너에게 화가 덜 풀렸었던 것으로 기억한다. 나중에 그 일을 생각하면 너에게 너무 미안한 것이다. 당연히 등산을 싫어할 수도 있는 것인데 화를 냈던 내가 부끄러웠다. 화난 아빠에게 어쩔 줄 몰라 했던 너의 표정이 지금도 눈에 생생하게 남아 있어서 미안함이 오랫동안 가지실 않았다. 그때 화를 내었던 것에 대해서 죽기 전에는 꼭 사과하고 싶었다.

"아들아, 그때 화를 내어서 정말 미안하다."

딸에게

나의 술친구, 지원아! 이 글을 쓰는 오늘이 2024년 12월 31일, 한 해의 마지막 날이다. 몇 개월 후면 또 시험을 치러야 할 것이다. 매일 사설 도서관에서 청춘을 보내는 딸을 보면 마음 한편이

짠하다. 공부하는 모습을 보는 것도 안쓰럽지만, 어렵게 합격한 이후의 조직 생활의 어려움도 나에게는 보이기 때문이다. 국내 도보 일주를 하다 보면 아침 일찍 학생으로 보이는 청춘들은 학교로, 젊은이들은 직장으로 웃음기 없는 표정을 한 채 바쁘게 걸어가는 모습을 자주 본다. 그들의 모습에서 우리 딸의 모습도 오버랩되다 보니 짠한 슬픔이 밀려온다. 언제 저 들은 자유로워질 것인가?를 생각하니 마음이 무겁다.

인생은 100미터, 200미터 경기가 아니다. 어떨 땐 100미터 경기를 하듯 사력을 다해야 할 때도 있지만, 100미터를 잘했다고 인생 자체가 꽃피는 것은 아니다. 사람들은 인생을 흔히 마라톤에 비유한다. 인생이 100미터 달리듯 짧은 시간에 결정되지 않는다는 의미일 것이다. 100미터 또는 10킬로를 1등으로 달렸다고 마지막 결승 지점에서 우승한다는 보장은 없다. 길게 보고 자신의 페이스를 잘 유지하면서 달려야 하는 장기 레이스와 닮았다는 의미에서 인생은 마라톤과 비슷하다. 그러니 2~3년 늦는다고 해도 장기 레이스인 인생에서는 크게 문제 될 것이 없다. 네가 마음먹기에 따라서는 언제든 역전시킬 반전의 시간은 충분하고 기회는 수없이 많다.

인생이 장기 레이스란 점에서 마라톤에 비유되긴 하지만, 사실상 그 비유도 적절치는 않아 보인다. 왜냐하면 인생은 마라톤과 같이 정해진 목적지를 향해 모두가 한 방향으로 뛰는 경기가 아니기 때문이다. 마라톤은 동일 선상에서 같이 출발해서 정해진 길을 달린다. 힘의 안배와 꾸준함을 제외하며 100미터와 크게 다르지 않다. 한번 처지게 되면 만회하기 위해 죽자고 뛰어야 한단다.

하지만 인생은 정해진 길로 함께 달리며 경쟁하는 것이 아니다. 인생의 길에는 수많은 길이 있다. 네가 지금 준비하는 것도 수많은 길 중에 하나일 뿐이고, 꼭 그 길만이 정답인 것도 아니다. 우리 모두는 각자가 선택한 방향으로 달려갈 뿐이다. 하나의 방향으로 경쟁했던 것은 학교생활로 끝내야 한다. 대학을 졸업하면 각자의 방향으로 각자의 삶을 선택하면 된다. 선택을 잘했다, 못했다의 기준은 사회 통념일 뿐이다. 너는 지금 소방 공무원을 준비하고 있다. 너 자신에게 진정으로 질문해야 할 것은, 자신의 선택이 진정으로 '내가 원하고 내가 하고 싶은 일인가?'를 먼저 물어보는 것이다. 만일 아니라면 바꿀 용기를 가져야 한다.

네가 몇 년을 준비했던 소방 공무원에 합격하게 되면 행복한 인생이 펼쳐질 거라고는 생각하지 말라. 합격의 기쁨도 아주 잠깐일 뿐이다. 기쁨은 합격자로 발표된 시점에서 첫 출근 하기 전날까지만이다. 왜냐하면 그토록 원했던 직장에 출근하게 되면, 그 세계의 어려운 일상이 또 기다리고 있기 때문이다. 나는 오랫동안 이러한 모습들을 자주 보았다. 직장에서 승진에 목을 매는 직원들이 간혹 있다. 그런 직원이 승진하면 얼마나 기쁘겠니? 그러나 그 기쁨도 승진 발표가 났을 때의 짧은 순간일 뿐이다. 새로운 곳에 발령 나면 승진하기 전과 별다를 것 없는 일상이 존재한다.

지금 네가 준비하는 것이 진정 자신이 원하는 일이라면, 자신의 선택을 믿고 뚜벅뚜벅 조금씩 나아가라. 걸어가다 보면 가시밭길도 있고 넘어질 때도 있다. 살면서 겪게 되는 모든 어려움은 그것대로 의미가 있다. 성공은 성공대로, 실패는 실패대로 그 나름의 이유와 의미가 존재한다. 실패로 인해 슬퍼할 이유도 주눅들 필요도 없다. 지금 준비하고 있는 시험에 또 떨어질 수도 있다. 시험에 떨어진 사실이 너에게 나쁜 것인지, 좋은 것인지는 누구도 알수 없다. 이번 시험에 떨어졌다는 사실, 그 이상이나 그 이하도 아니다. 그냥 받아들이고 너의 길을 가면 된다.

인생이 짧다면 매우 짧고 길다고 생각하면 한없이 긴 게 인생이다. 지금은 엄청 길다고 생각하고 모든 것을 긍정적으로 받아들여라. 실패 없는 영광이 없고 시련 없이 빛나는 것도 없다. 실패나 시련이 크면 클수록 영광은 더욱 값지고 빛난다는 사실을 받아들여라. 그동안 수많은 시간을 나와 술을 먹어준 딸이 너무 고맙다.

"딸아, 건투를 빈다."

이 글은 내가 내일 죽는다는 가정하에서 아내와 자녀들에게 남기는 나의 말이다. 내가 현재 시점에서 남아 있는 각자에게 남기고 싶었던 말을 짧게 적었다. 만일 좀 더 나를 알고 싶다면, 남아 있는 가족을 위해 쓴 책을 보면 될 것이다. 아무리 가족 간이라도 서로의 생각을 깊이 있게 나눌 수 있는 시간을 만들기도 어렵고, 서로의 얼굴을 보면서 심각할 수도 있는 이야기를 한다는 것도 분위기상 쉽지 않다. 평소에 남편이면서 아버지인 내가 어떤 생각을 하면서 살았는지를 한 권의 책 속에 담아서 가족들에게 던져주고 싶었다. 내가 생각날 때는 책을 들춰보기 바란다.

미리 쓰는 유서

가까운 사람의 죽음은 충격을 준다. 2006년 9월 돌아가신 아버지는 40년 이상을 한집에서 같이 살았지만 마지막 이별 의식도 제대로 못한 채 헤어졌다. 아래의 미리 쓰는 유서도 그 당시 아버지의 죽음으로 인한 충격에서 파생된 글이다.

▎미리 쓰는 유서

어떤 말을 먼저 써야 할까? 감사하다는 말을 먼저 해야겠다. 세상에 나를 낳아준 부모님, 동시대를 살면서 서로 아껴준 형제들,

젊은 나이에 무뚝뚝한 나를 만나 살아준 아내, 내가 해준 것보다 더 많은 기쁨을 안겨준 자녀들, 모두에게 고맙고 또 고맙다는 말을 전한다.

생의 마지막 순간은 가능한 가족들에게 둘러싸여 삶을 마감하고는 싶지만, 이것 또한 괜한 나의 욕심임을 알고 있다. 그러므로 내가 지병의 고통으로 돌보는 가족들을 힘들게 하면 요양병원 등의 편리한 곳에 맡겼으면 한다. 나로 인해 가족들에게 더 많은 수고로움을 끼치고 쉽지 않아서이다. 치료를 기대할 수 없는 상황에서 생명 연장 장치에 기대어 나의 삶을 억지로 늘리지 않았으면 좋겠다. 의사와 상의해서 적절한 선택을 하길 바란다.

수의나 목관 등 장례비용은 가장 싼 것으로 하고 화장 후 유골 뼛가루는 흐르는 강물에 뿌려라. 죽은 사람에 대한 의미는 유골함에 있는 것이 아니라, 남아 있는 사람들의 기억 속에 있는 것이다. 다른 표식이 무슨 의미가 있겠는가?

내가 죽고 난 뒤에 49재, 천도재 등의 의례는 하지 마라. 살면서 큰 허물없이 살았으므로 분명히 좋은 곳으로 갔을 것이라 생각해라. 그리고 우리 집안의 모든 제사는 형님이 정리하였으므로 제사상은 더 이상 내겐 의미가 없다. 나의 기일 날에는 남아 있는 가족들이 좋아하는 음식을 준비해서 같이 모여 맛있는 저녁 한 끼를 즐겁게 먹도록 해라. 분위기 있는 식당에서 모이는 것도 좋겠다. 그래도 나의 기일이니 나를 위한 소주 한 잔은 옆에 채워두라. 내가 여러분들이 즐겁게 대화하며 먹는 저녁식사 자리를 흐뭇한 얼굴로 지켜보리라.

혹시라도 나에게 남겨진 재산이 있거든 가족 중에 제일 어려운 가족에게 더 챙겨주어라. 가족들이 욕심을 낼 만한 재산이 남아 있지는 않겠지만 받는 것보다 주는 쪽의 마음이 더 편하지 않겠니.

알다시피 나는 내 인생을 내가 하고 싶은 것을 하면서 이기적으로 살아왔다. 그러니 남아 있는 가족들은 너무 슬퍼하지 말라. 그리고 너희들도 자신이 하고 싶은 것을 하면서 이기적으로 살기를 바란다. 모든 세상이 자기 자신을 중심으로 돌아가게끔 설계하라. 세상의 주인공은 바로 '나'이다.

혹시 내가 잘못한 부분은 용서를 해주길 바란다. 누구나 허물은 있기 마련이고 완벽한 인생이란 없다. 오랜 기간 같이 살다 보면 주위 분들에게 이런저런 상처를 남겼을 것이다. 모두 용서를 빈다. 만일 가족들 중에 나에게 준 상처 때문에 가슴 아픈 기억을 가지고 있는 가족이 있다면 모두 잊어라. 나의 마음속에는 여러분에 대한 조금의 서운함도 가지고 있지 않음을 알아달라.

나는 그대들의 남편으로, 아빠로 정말 행복한 삶을 살았다. 지금 아무런 후회나 여한도 없다. 나의 마지막 얼굴이 여러분에게 어떤 모습으로 남겨지든 간에 상관없이 여러분들과 동시대를 같이할 수 있어서 정말 행복했었다.

보통 사람들은 영원히 살 것처럼 이익에 눈멀기도 하고 욕심부리고 시기하고 경쟁하기도 한다. 하지만 지금 유서를 쓰면서 드는 생각은 너무 그렇게 숨 가쁘게 살지 않았으면 좋겠다. 서로 사랑하면서 살기에도 짧은 인생이다.

예전에 이런 생각을 해본 적이 있다. 책에서 유명인들이 남긴 비문들을 읽어보다가 과연 나라면 어떤 문장을 비문에 새길 까를 생각한 적이 있었다. 물론 비문은 없을 테지만 한마디를 남긴다. 이 문장은 내 삶의 나침판 같은 인생 키워드이기도 한 말이다.

"지나간 모든 것들은 용서하고, 다가올 모든 것들은 사랑하라. 그리고 자유롭게 살아라."

서로 각자의 삶을 마무리한 뒤에 하늘에서 우리가 다시 만났을 때, 너희들의 흥미진진한 그 뒤의 이야기를 나에게 들려주길 바란다.

내가 유서를 미리 쓰는 이유는 나의 죽음이 어떻게 다가올지 나도 모르기 때문이다. 평생을 한집에서 같이 살았던 나의 아버지의 임종도 나는 지켜보지도 못했다. 그러니 서로 간에 작별 인사를 하지 못했다 하더라도 너무 가슴 아파하지 마라. 내가 남아 있는 가족들에게 해야 할 말들은 이미 나의 일생을 통해 내 삶으로 다 보여주었다. 남아 있는 가족들이여. 한 번뿐인 인생, 그대 모두 찬란한 인생이길 하늘에서 응원하마.

나는 지금 코리아 둘레길을 걷는 중이다. 남파랑길을 걷고 있는데 지인이 카카오에서 한국관광공사와 손잡고 코리아 둘레길 완전 개통을 기념해서 코리아 둘레길 걷기 챌린지에 도전할 사람을 모집한다고 했다. 총 4,500킬로를 500킬로씩 아홉 개 구간으로 나누어서 각 구간 다섯 명씩 총 45명을 모집했다. 나는 참가 신청서를 내었고 내가 선발되었다. 경쟁률이 무려 200 대 1이었다.

2024년 12월 13일 서울에서 완주식 행사가 열렸다. 도전자 45명 중 39명이 완주했다. 도전 기간 내내 카카오에서 제공하는 응원 물품이나 완주자에게 제공하는 상금도 감사한 일이지만 나에게 가장 중요했던 것은 내가 은퇴하고 나름 치열하게 살아온 삶이 누군가로부터 인정받았다는 느낌이 들어서 좋았다. 그 행사에서 만난 인연들이 앞으로 또 어떻게 이어질지 나도 가늠할 수 없다.

국내 트레킹은 텐트를 짊어지고 가기 때문에 한여름이나 한겨울에는 걷지를 않는다. 걷지 않는 이번 겨울에 그동안 숙제로 남겨놓았던 인생 책 한 권을 마무리했다. 이 책을 출판사에 맡기고 나는 다시 코리아 둘레길을 이어 걷기 위해 떠날 것이다.

은퇴한 이후의 나의 삶은 설렘으로 가득하다. 나는 내가 향유할 수 있는 자유를 기반으로 내가 하고 싶은 것을 하면서 나의 삶을 마무리하고 싶다. 하지만 원래 꿈은 고정되지 않고 시간이 흐름에 따라 변한다는 것을 나는 안다. 내가 지금 꾸고 있는 나의 꿈들이 여러 방향으로 확장되고 변화할 것임에 틀림없다. 하지만 글을 쓰는 지금 확실한 것 하나가 있다. 은퇴하고 나서야 나는 비로소 나답게 살고 있다는 느낌만은 확실하다.

나는 오늘도 꿈을 꾸며 한 걸음 내딛는다.
여러분 모두도 찬란한 인생이길 빈다.
이 책을 사랑하는 아내와 아들, 딸에게 바친다.

2025년 2월 20일
나의 62번째 생일에

삶이 던지는
질문에
스스로 답하다

초판 1쇄 발행   2025. 3. 11.

지은이   황용화
펴낸이   김병호
펴낸곳   주식회사 바른북스

편집진행   김재영
디자인   김민지

등록   2019년 4월 3일 제2019-000040호
주소   서울시 성동구 연무장5길 9-16, 301호 (성수동2가, 블루스톤타워)
대표전화   070-7857-9719 | **경영지원**   02-3409-9719 | **팩스**   070-7610-9820

•바른북스는 여러분의 다양한 아이디어와 원고 투고를 설레는 마음으로 기다리고 있습니다.

이메일   barunbooks21@naver.com | **원고투고**   barunbooks21@naver.com
홈페이지   www.barunbooks.com | **공식 블로그**   blog.naver.com/barunbooks7
공식 포스트   post.naver.com/barunbooks7 | **페이스북**   facebook.com/barunbooks7

ⓒ 황용화, 2025
ISBN 979-11-7263-245-8 03810